悦读
文库

唐
著立

命运在你手里，也在你心里

江西教育出版社
JIANGXI EDUCATION PUBLISHING HOUSE

图书在版编目（ＣＩＰ）数据

命运在你手里，也在你心里 / 唐立著. -- 南昌：
江西教育出版社, 2017.9
（悦读文库）
ISBN 978-7-5392-9764-4

Ⅰ. ①命… Ⅱ. ①唐… Ⅲ. ①故事－作品集－中国－
当代 Ⅳ. ①I247.81

中国版本图书馆 CIP 数据核字(2017)第 215291 号

命运在你手里，也在你心里

MINGYUN ZAI NISHOULI YE ZAI NIXINLI

唐立　著

江西教育出版社出版

(南昌市抚河北路 291 号　　邮编：330008)

各地新华书店经销

江西省和平印务有限公司印刷

720 毫米×1000 毫米　　16 开本　　13 印张　　字数 180 千

2018 年 1 月第 1 版　　2019 年 7 月第 7 次印刷

ISBN　978-7-5392-9764-4

定价：26.00 元

赣教版图书如有印装质量问题，请向我社调换　电话：0791-86710427

投稿邮箱：JXJYCBS@163.com　　　　电话：0791-86705643

网址：http://www.jxeph.com

赣版权登字-02-2017-731

序　言

　　人生在世，命运无常。当我们面临困境失落、沮丧的时候，会不由自主地把一切不尽如人意的结果都归于命运，命运成了我们逃避责任的借口。然而我们却忘了，其实命运一直被我们握在手里，存放在心间。

　　有人说人生是一场修行，很多人直到生命的终点才真正明白自己到底想要什么。可在我看来，人生更像一场战争，一场与命运的战争。有些人笃信命运是无法改变的定数，最终沦为命运的囚徒；有些人即使被命运折腾得遍体鳞伤依旧选择相信和依靠自己，继续朝着自己的目标坚定不移地走下去。其实，命运无非就是自己给自己编织的网而已，只是有些人用这张网捆住了自己，而有些人却将这张网变成了束缚障碍的利器。

　　梦想和希望总是与命运相伴而来，人生所有的努力与追逐都是为了实现心中的梦想，为了将命运牢牢握在手里。我们需要梦想的支撑，有了梦想，我们才能自己掌控自己的命运，才能让生命活出不一样的精彩。

　　雨果曾经说过："若心里藏着一条巨龙，这既是一种苦刑，也是一种乐趣。"我想这大概是对梦想最好的诠释了。没有了梦想，生命就会失去色彩，你我将沉沦在命运的旋涡中不能自拔、随波逐流，任凭命运的摆布。

然而，将梦想变为现实的路总是那么遥远而漫长。

有的人因为一时的挫折就早早地退出了战场；有的人因为害怕失败而没有了继续前行的勇气；有的人因为功名利禄的诱惑，轻易地放下梦想的"包袱"，最后只能任生命荒废，在庸庸碌碌中、甚至在众人的唾骂中度过余生。

然而这世界上还存在着另一些人，他们拼尽一切只为实现最初的梦想，他们习惯了用汗水和泪水去浇灌自己的生命之花。即便那美丽的梦想曾被现实冷冷地击碎，心中那坚若磐石的信仰曾被无情的风雨冲淡，他们依旧执着地追求着远方，慢慢在如歌岁月中淡定、坚强。人生的魅力，大概如此。

路漫漫其修远兮，没有谁会一帆风顺一路坦途，鲜花和掌声的背后必是大片的荆棘和险滩。"文王拘而演《周易》；仲尼厄而作《春秋》；屈原放逐，乃赋《离骚》；左丘失明，厥有《国语》；孙子膑脚，《兵法》修列……"这些古代圣贤，无不是在痛苦与磨砺中才创作出了这些不朽之作。也许你曾挣扎在人生得与失之间，徘徊在进与退的边缘，跌倒在泥潭水浆之中，但无论怎样都要让自己坚强地站起来，从容地整理好行囊继续向着未来出发。

人生不是电影，根本没有回放的机会，从现在起努力过好当下的每一天，踏实地向着自己的目标前行，最终你会看尽人生的繁华与美好，你会成为那个走得最远的人。

一定要记住，命运在你手里，也在你心里。

目录

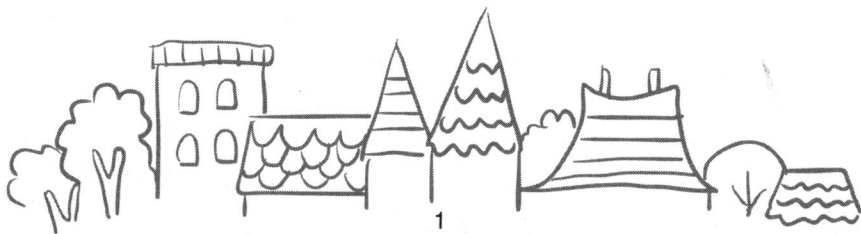

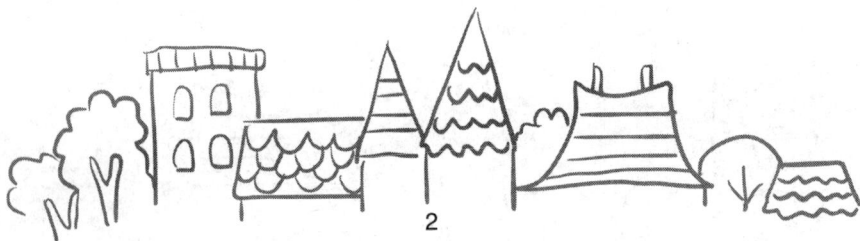

第四辑
成功是一扇虚掩着的门

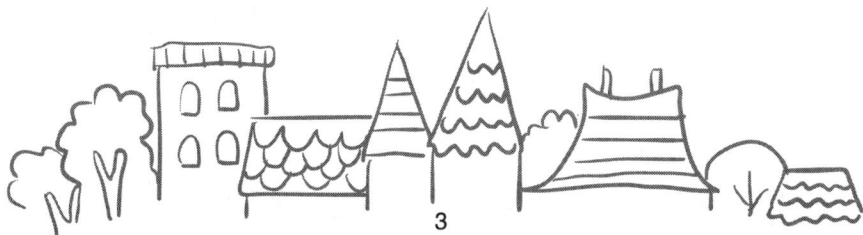

第一辑

不做第二个谁，要做第一个我

不对自己说不可能

　　爱德华多·加西亚出生在墨西哥，父亲是一位渔夫兼厨师，母亲则是一位占星学家、蒙特梭利教师以及作家。大概是受父亲的影响，他从小就对烹饪有着浓厚的兴趣。在幼小的他看来，将各种食材变成餐桌上的美味佳肴的过程，犹如变魔术般神奇，他是那么希望自己就是导演这场神奇魔术的魔术师。

　　终于，在小爱德华多·加西亚10岁生日的时候，他的愿望实现了。他独自为全家做了顿炸薯条，从洗土豆削皮到把土豆切成条然后再油炸，这些看似平常、简单的程序却花费了爱德华多·加西亚一下午的时间，虽然最后自己满身油烟味，但他终于成功地完成了自己人生中的第一道菜，并且受到了家人极大的夸赞。看着家人吃着薯条，脸上露出的满意微笑，爱德华多·加西亚更加坚定了自己的梦想，长大以后一定要做世界名厨。

　　高中毕业后，加西亚毅然来到纽约的一所烹饪学校学习烹饪。每天除了学习理论知识外，他还到学校附近的一家餐厅当杂工，因为这样他可以有机会学习大厨的烹饪技巧。三年的学习生涯结束后，他成了全校近千名毕业生中的佼佼者，并被当地一家知名酒店聘为主厨。这份工作让加西亚欣喜若狂，他更加努力起来，勤奋苦练潜心研究，他做出的食物越来越深得客人的喜爱，他的名声也越来越大，有的客人甚至从外地慕名而来。

然而，天有不测风云，有一次加西亚外出打猎的时候，在途中遇到一具熊的尸体。他用随身携带的刀具刺入熊身时，不料被熊尸体下方暗藏的一条携带 2400 伏电流的电线击中。这次意外让他失去了 4 根肋骨和躯干上的一大块肌肉以及左手。一个用双手做菜的厨师失去了一半的臂膀，犹如飞鸟失去了一只翅膀，加西亚的人生彻底被改变了。当他从医院醒来，看着自己被装上假肢的左臂，想到自己喜爱的事业，他陷入了极度的痛苦和绝望中。他不知道以后自己能做什么，他感觉自己就像个废人，再无可用之处，一想到永远不可能再回到对他来说如天堂一般美好的厨房的时候，他就忍不住战栗起来。

他失落、抱怨，甚至有了自暴自弃的念头。可是，一次偶然的经历让加西亚看到了希望。有一天，走在街上的加西亚无意间在街角遇到了一个用脚绘画的艺人。艺人没有双臂，但他用双脚创造出来的画作却十分出色，他是那么自信，对每一个来往的路人都报以微笑。加西亚被这一幕触动了，梦想的火种被再次点燃，他不甘心就这么向命运屈服，他不想就这么放弃自己的梦想。街头绘画艺人失去的是双手，却能用双脚继续挥洒着对生命的热爱和憧憬，而自己虽然失去了左手，可是他还有右手，他还有希望，他更有梦想！一想到这些，他下定了决心，要戴着假肢继续从事自己热爱的烹饪事业。

在这之后的无数个日日夜夜里，加西亚戴着假肢重新练习起削皮、切菜、摆盘、切牛排等一切烦琐的技艺……这些曾经最简单的动作对于现在的他来说却难如登天。削一个土豆就得用上几个小时，更不用说别的了，每天大量的练习使他的左臂疼痛难忍，每次他都告诉自己一定可以，没有什么不可能。

一年、两年、三年……在经历过无数煎熬以后，他终于成功了。他的假肢左手越来越灵活，越来越熟练，他甚至爱上了自己的这只假手。他重新回到了自己的主场，成了一个独臂厨师。加西亚又开始了厨房忙碌的生

活，他做的菜味道越来越鲜美诱人，人们都说那是因为菜里多了一份调味料，那就是加西亚对梦想的追求和坚持。后来，加西亚又凭借着"普罗旺斯鱼排"这道拿手菜获得了 2014 年"世界烹饪大赛"金奖，成了家喻户晓的明星大厨。

失去左手的加西亚以为自己什么都不能做，可结果左手的残缺竟成为他生命里最美好的存在。不要对自己说不可能，上帝也许无意间关了我们一扇门，但肯定会为我们开一扇窗。

永不看轻我自己

　　曾经有一位园丁，一直不辞辛苦地照料着一个漂亮的花园。花园里有树有花有草，生机勃勃繁荣异常。有一天早上，园丁又像往常一样来到花园浇灌树木、修剪花草，却发现所有的花木都凋谢了，园中毫无生气可言，一副破败凋零的景象。园丁用诧异的目光打量着整个花园，一阵悲凉涌上心头。他问站在身边的橡树："究竟发生了什么事情，你们怎么都如此颓废不堪？"橡树低着头，用哀怨的声音向园丁讲述了事情的经过。

　　原来，园中的花草树木闲来无事在一起聊天，聊着聊着便相互艳羡起来。橡树因为自己没有松柏那样高大挺拔的身姿而讨厌起了自己，它越说越气甚至有了轻生的念头；松树因自己不能像葡萄藤那样结出成串的葡萄而沮丧；而葡萄藤也很看不起自己，因为它终日匍匐在地，不能直立，又不能像桃树那样绽开美丽的花朵；牵牛花也因自己没有紫丁香那样的芬芳而苦恼；其余的树木也都因为自己不如别人而一蹶不振……

　　园丁站在满园的荒废中，突然发现不远处的墙角长着一株青葱可爱的小草，它努力挺直了身体迎着阳光微笑，是那么的引人注目。园丁走到它身边，俯下身轻声问它："你看起来好开心，为什么不像你身边的那颗橡树一样颓废沮丧？"

　　小草用清脆的声音答道："因为我一直认为自己是最好的，从没有因

为我是一棵小草而看轻自己。虽然在园子里，我是最不起眼的植物，甚至都不曾引起您的注意。但我从一粒种子长到现在，经历了风吹雨淋，一点一点接受泥土的滋养，能够像现在这样迎着朝阳是多么不容易的事情。我敬畏生命，相信自己，只想努力为这个世界献出一份绿意。"

园丁听完站起身，用手轻点了一下这棵让人敬畏的小草，然后拖着沉重的步子离开了花园。其实在现实生活中，也不乏如这棵小草一样的人，他们用自信、用努力，一点点地去构筑属于自己的精彩人生。

唐朝贞观年间，在当年达摩登陆的中国南方，有一个穷苦人家的小男孩，他自幼丧父，没有上过一天学，靠打柴为生。有一天，他在集市上卖完柴回家，路过一家旅店，突然听到有人高声念着"应无所住，而生其心"，他瞬间感觉整个世界都明亮起来，连忙跑进旅店问店小二这是谁说的。店小二鄙视地看着眼前衣衫破旧的小男孩，不屑地答道："你个小毛孩一字不识，能听懂什么，这是蕲州黄梅的弘忍大师讲解的《金刚经》。"小男孩听了便决心北上去寻找弘忍大师。

小男孩终日不停地赶路历尽了千辛万苦，终于来到了弘忍大师的住处。他虔诚地向大师行礼，希望大师能够教他佛法。弘忍大师仔细打量了一下这个衣衫褴褛的小男孩，问他是哪里人氏，来找他做什么。小男孩告诉大师自己是岭南人，来向大师学习佛法。弘忍大师听后笑了起来，调侃道："你是岭南人，又是没有受过教化的蛮人，怎么能成佛呢？"

面对大师的嘲笑与羞辱，小男孩并没有一丝恼怒，而是不卑不亢自信地说："大师，人有南北之分，佛性却没有南北的差异，蛮人的身份与和尚的身份虽然不同，佛性究竟有何差别呢？"弘忍大师被他问得哑口无言，内心竟对他有了一丝赏识，于是便收他为徒，精心教他佛法，并将自己的衣钵传给了这个"岭南来的蛮子"。而这个自幼丧父的小男孩，便是后来佛法高深的六祖大师——慧能和尚。

天生我材必有用

从前有一个农夫，靠着上山采药维持生计，可天有不测风云，一日因为雨后路滑，他不小心从山崖上摔了下来，失去了一只手臂，这对原本就一贫如洗的家来说更是雪上加霜。农夫眼见着自己从家里的顶梁柱变成了一个废人，终日唉声叹气，既抱怨老天的不公，又痛恨自己的无用，沉浸在绝望的情绪中不可自拔。

终有一日，妻子实在看不下去了，便对农夫说道："你每天唉声叹气有用吗？你现在是不能上山采药了，但是你还可以做别的事情啊，难道没有了一只手臂就什么都做不了了吗？自从出事以来，你只想自己不能做什么了，从没想过自己还能做什么，其实你能做的事情还有很多！"

妻子的这番话让农夫恍然大悟，"是啊，我能做的事情还有很多，我不能就此放弃自己！"在以后的日子里，农夫努力地找事情做，终于在镇里的财主家谋得了一份挑水的工作。每一天，农夫都需要用扁担挑着两个木桶，走很长的路来到小溪边去挑水。

有一次，农夫发现一个木桶有了裂缝，但他不以为然，继续每天到小溪边挑水然后送到财主家，只是每次送的水都比之前少了半桶。

转眼间两年过去了，农夫就这样每天挑一桶半的水到财主家。那个完好无损的木桶对自己能够送满整桶水感到特别自豪，而有裂缝的木桶则对自己的缺陷倍感羞愧，它每天都在担心农夫可能会因为自己而丢掉差事。终于有一天，有裂缝的木桶鼓足了勇气，在小溪旁对农夫说："我很惭愧，很对不起你，你把我扔掉换一个新的木桶吧。"

农夫问道："你怎么会有这样的想法呢，我为什么要换掉你呢？"有裂缝的木桶无奈地说："在过去的两年里，我从没有帮你送过一桶完整的水，我残缺的身体承接不住足够的水，只能眼睁睁看着它溜走，你付出了全部的努力，可是因为我的裂缝却只收到了一半的成果……"

听了这番话，农夫深深地叹了一口气，他似乎想起了什么，在内心深处为曾经的自己也为眼前这只裂缝的木桶感到难过。顿了顿，农夫满怀爱心的说："你先不要沮丧，一会我们回去的路上，我要你留意路旁盛开着的那些美丽的花朵"。

果真，在回去的路上，有裂缝的木桶认真地打量起以往未曾留意的风景来，阳光温暖，路旁那些缤纷的花朵让它眼前一亮，那只木桶一下子开心了许多。可是，走着走着，它又开始难过起来，因为桶里的水又在往外漏。破木桶再一次向农夫表达了歉意。

农夫温和地对它说："你有没有注意到小路两边，只有你的那一边有花在绽放，而好木桶的那一边却没有开花呢？我明白你有缺陷，因此我善加利用，在你那边的路旁撒了花种，每次我从溪边回来，你就替我浇了一路的花！两年来，这些美丽的花朵装饰了财主家的餐桌。如果你完好无缺，财主家的餐桌上也就没有这么好看的花朵了！"

说完，农夫吸了口气继续赶路，看着自己扁担上这个有裂缝的木桶，想到曾经的自己，农夫会心地笑了。

不做第二个谁，要做第一个我

约翰出生在一个贫困的家庭，全家的生计都要靠当工人的爸爸来维持。约翰六岁生日的时候，爸爸妈妈为了给约翰过一个快乐的生日，便带他去看马戏表演，这大概是约翰出生以来过得最难忘的生日了。马戏团最吸引约翰的不是表演空中飞人的黑猩猩，也不是骑着轮滑满场转圈的袋鼠，约翰最喜欢的竟然是马戏团里最不起眼的小丑。从那以后，每次被问道长大想做什么，他都特别干脆地答道："我要当小丑"，这样的回答每每都会引得大家哄笑一番。

转眼，小约翰长大了，因为家里贫困他不得不放弃继续读书的机会，而选择赚钱养家。可是他拒绝了父亲为他在工厂谋得的职位，却走上街头扮起了一个吹气球的小丑。

约翰有一双非常灵巧的手，他轻轻松松一拉一吹，瞬间就会扭转出各种各样的气球。他常常做出可爱的小狗送给路过的小女孩，做出美丽的花朵送给披着金发的美女，也会将非常精致的带着小鸭子图案的游泳圈，轻轻松松套进小宝贝身上……扮成小丑的约翰快乐地穿梭在人群中，像只花蝴蝶一样，边走边吹各种形状的气球送给他身后蹦跳的孩子、蹒跚挪步的老人和牵手相依的情侣……他的花招简直多得不得了，周围的人群中回荡着咯咯的笑声。接着，他把帽子摘下来，有人投钱币给他，有人把面包放在他的帽子里，甚至还有小朋友甚至把自己的糖果送给他。一天下来，收入不多，然而那些笑脸叠加起来的画面才是约翰内心深处最大的满足和幸福。

有一天，约翰又像往常一样来到街头，中午坐在路旁休息的时候，一位身穿西装戴着礼帽的中年男人坐到他身边，很有礼貌地向他打招呼，随后中年男人对他说："年轻人，你扮演的小丑可真好，大家是那么地喜欢你。"

"谢谢您的夸奖，先生。"约翰礼貌地回应道。

中年男人接着说："像你这样的年纪，工作应该会有很多其他的选择，为什么要做小丑呢？"

约翰微笑着说："因为当小丑可以让很多人都快乐起来"。

接着，约翰向这位中年男人讲述了自己儿时第一次看见小丑的场景。中年男人听完以后，嘴角微微上扬，用略带磁性的声音对约翰说："既然你喜欢小丑，那不妨来我的马戏团吧。"

"您的马戏团里不是有很多小丑吗，为什么要邀请我呢？"约翰不解地问。

中年男人答道："我的马戏团里确实有很多小丑，但是能够真正给观众带来无限快乐的却寥寥无几，之前只有两个人在我的马戏团把小丑演到极致，我相信你会是继他们两位的第三个。况且，只有到马戏团表演小丑，你才会取得更大的成就。每一个被人们难以忘记的小丑，都是在马戏团的舞台上成就自己的。来我的马戏团，你的收入也会比现在好很多。"

约翰听完中年男人的话，沉思了一会，然后说道："先生，谢谢您对我的认可，更谢谢您给的这次机会，可我还是更喜欢有着熙攘人群的街头。马戏团对别人来说的确是更大更好的舞台，但我不想做别人，我想做我自己，做一个连乞丐都可以从我这获得快乐的小丑。"

中年男人听完约翰的话，站起来说道道"年轻人，你是我见过的最棒

的小丑，如果以后你改变主意了，记得来找我。"随后给了约翰一张名片便向街中心的广场走去。

在那以后，不止一次的有人邀请约翰去参加演出，但他都拒绝了。他越来越喜欢街头中裹在小丑服里的自己，他喜欢看着每个人在他身边路过时留下的笑容，喜欢街头每天阳光倾洒下来的温暖。他虽是小丑，但却是独一无二的属于自己也属于街头路过的每个人的小丑。

上帝咬过的苹果

他生于 20 世纪 60 年代法国南部的一个小镇，他的降临不仅没有给家人带来欢乐，反而让父母心里蒙上了一层阴影。因为从出生那天起他体内的钙质就无法固定在骨骼上，他的骨头如玻璃般易碎，这是罕见的"成骨发育不全症"。

因为受父亲的影响，他在很小的时候就对钢琴有着极为浓厚的兴趣。于是在他的强烈要求下，父亲送了他一架钢琴。但是一个手脚无力，行动不便的人要想学习钢琴简直比登天还难。因为身材矮小，每次都要在家人的帮助下才能坐在钢琴凳上。

有一次，他像往常一样被父亲抱着坐上钢琴凳，一练就是一上午。当他想下来休息的时候，发现屋子里只有自己，叫了几声也无人应答。他慢慢地一点一点地试着自己从钢琴凳上下来，可是就在脚要落地的时候因为身体无法支撑整个人的重量他摔了下来，忍着浑身的疼痛，他足足在地上爬了两个小时才有家人回来把他送进了医院。这一次他的胳膊和小腿都被摔成了骨折，可在医院里他也不忘整日研究乐谱。就这样他一次次忽略疼痛，凭着顽强的毅力，近乎疯狂地练琴，他的琴艺在夜以继日的苦练中不断提升。

一次偶然的机会，他遇见了自己的伯乐。两位大音乐师发现他在钢琴

方面有着特殊的悟性，于是收他为徒，悉心教授他琴艺和音乐方面的知识。慢慢地，他在钢琴方面的技艺越来越精湛，15岁的时候他推出了自己的第一张专辑，里面那些优美动听的旋律震撼着每一个听者的心灵，他一夜之间成了法国家喻户晓的明星，他的作品犹如一块巨石在法国音乐界掀起了惊涛骇浪。

紧接着，他又迎来了人生的第一次公演。在闪烁的灯光下，身材矮小的他走到离观众席最近的地方足足站了三分钟，然后才开始表演。整场演出，观众都沉浸在他的演奏当中，每首曲子演奏完毕都先是短暂的沉默，然后台下便爆发出雷鸣般的掌声。表演结束，有人问他为什么要先站三分钟，他笑着说："很多人是因为好奇我的身材才来的，所以我先站着让他们看个够，满足了好奇心以后才会仔细听我的演奏，也才会在音乐中感受我灵魂的高度。"

就这样，他将自己置身于神奇的音乐世界中，忘却了残缺的肢体给他带来的痛苦，即使有时候超负荷的训练令他指骨折断，他依旧顽强地坚持下去。钢琴弹得越来越好，声名更是远播万里，他创造了世界钢琴史上的奇迹。无论走到哪里，周围都充满赞誉之声，人们已经不再对他奇特的身材好奇了，而是带着尊敬和钦佩仰望他灵魂的"高度"。

这个矮小的钢琴演奏家便是著名的侏儒贝楚齐亚尼，这位积极乐观的残疾人，用坚强的毅力和不屈的灵魂，奏出了人间最美的乐章，谱写了世界钢琴史上的传奇。后来，有人问他是什么让他坚持下来并成功的，他微笑着说："有人说过，世上每个人都是被上帝咬过一口的苹果，优秀和缺陷并存。有的人残缺比较大，那大概是上帝特别偏爱它的芳香，而我就是那个格外芳香的苹果。"

每当人们听到贝楚齐亚尼弹奏的钢琴曲，都会不禁想起这位被上帝特别青睐过的年轻人，他用短暂的生命为自己谱写了不朽的乐章，犹如他在临终所说的那样，"如果他真的高大，那是矮小成全的"。

寻找"圆圈"以外的知识

从前，在高山的半山腰上坐落着一座寺庙，这是十里八乡的村民唯一烧香拜佛的地方。寺庙不大，里面住着一个小和尚和一个老和尚。小和尚是老和尚下山化缘的时候在一条小溪边捡回来的，在小和尚的记忆里，寺庙里年复一年的春夏秋冬便是他成长生涯中的全部世界。每天，小和尚早早起床来到大厅，打扫完毕点上香火，准备迎接这一天的香客，然后便跪坐在佛像前的草垫上和老和尚一起虔诚地诵念起佛经来，这一念便是一天。

时间过得真快，小和尚已经将老和尚教给他的佛经背得滚瓜烂熟，日日捏在手里的那本佛经因为长时间翻阅变得有些发黄。有一天，小和尚念完一天的佛经，望着对面的高山，突然对老和尚说："师傅，对面的那座高山后面是什么？"老和尚看着小和尚，意味深长地对他说："山的那边也许是山，也许是河，也许是村庄闹市……"

第二天，小和尚被老和尚叫到房间，老和尚对他说："你在这里已经待很久了，师傅的衣钵你已经都学会了，没有什么可以再教给你。在很远很远的地方，有一位高僧，他的佛法修为很深，你如果能拜他为师，将来你必成大器。一定要记住，佛法无边，不要把自己圈起来，要勇于寻找圆圈以外的知识。"小和尚似懂非懂地点了点头，然后跪别师傅后便下山了。

　　小和尚背着行李，来到寺庙对面的高山脚下，来不及休息便马不停蹄地翻起山来，他看见了蜿蜒的河流和更高的山峰，经过峡谷中的零星散落的村庄，边走边寻找，历尽千辛万苦，终于在一座宏伟高大的寺庙里找到了老和尚说的那位高僧并恳求他收自己为徒。高僧见小和尚一片赤诚，又有天生的慧根，觉得跟自己还算有缘，便留下了他。从此，小和尚跟着高僧潜心参禅拜佛，终日诵读各种经书佛法，认真而刻苦，他的修为也在不断提升。

　　转眼间两年便过去了，小和尚自以为得到了高僧的真传，便不想再继续学下去了，于是就向高僧辞行，想要下山去传播佛法。高僧并没有出言阻止，却拿出一个空空的钵子，让小和尚用石头填满。小和尚填满石头后高僧问他："钵子还能放下别的东西吗？"小和尚自信地说道："我已经装满了石头，再也装不下别的东西了。"接着高僧抓了一把芝麻放在钵子，不一会芝麻就不见了，高僧又抓一把撒进去，晃了晃芝麻又看不见了。

　　"现在钵子满了吗？"高僧问小和尚，小和尚摸了摸头，惭愧地说道："看上去满了。"这时，高僧又用杯子往钵子里倒水，直到钵子里有水溢出来才停止。看着眼前的钵子，小和尚突然想起离开时老和尚对他说的话，他瞬间明白了高僧的一片苦心，跪下来请求高僧原谅他的无知，并决定继续跟着高僧学习佛法。

　　后来，高僧圆寂，小和尚真正传承了高僧的衣钵，成了寺院里修为最高的僧人。他把老和尚的最后一句话写在纸上，贴在自己房间的墙上用来鞭策自己；把高僧曾经让他装满的钵子终日摆放在床头的桌子上，时刻提醒自己不要停止追求圆圈以外的学识。直到他最后离开人世，作为他生命中最宝贵的那几行字和那个钵子也被一起带入了黄土。

最优秀的人就是你自己

苏格拉底是古希腊卓越的哲学家，他以一种对哲学的崭新理解开创了希腊哲学的新纪元，被后人称为西方哲学的奠基者之一。他一生不断探索真理，可却在生命弥留之际未能找到一个优秀的真理传承者，最终带着遗憾离开人世。

苏格拉底晚年身体每况愈下，深知自己将不久于人世。有一天，他把陪伴自己多年的助手叫到身边，告诉他自己的时日不多，让助手帮自己去寻找和发掘一位最优秀的传承者，这位传承者不但要有极高的智慧，还必须有充分的信心和非凡的勇气。助手满怀敬意地点了点头，并向苏格拉底承诺一定竭尽全力地去寻找这位传承者，不辜负苏格拉底的信任和嘱托。

以后的日子里，这位忠诚而勤奋的助手，开始了大海捞针一般的寻找，他四处打听探寻，不辞劳苦的通过各种渠道寻找着最优秀的传承者。当他一次又一次地将心目中最合适的人选带到苏格拉底面前的时候，却一次又一次地被苏格拉底婉言谢绝。

有一天，一无所获的助手回到了苏格拉底的病床前，看起来沮丧极了。病入膏肓的苏格拉底硬撑着虚弱的身体慢慢坐起身来，抚着那位助手的肩膀用颤抖的声音对他说："真是辛苦你了，不过，你找来的那些人，其实还不如你……"

助手愧疚地说道："真的很对不起，我一定加倍努力，哪怕找遍五湖四海，也要为您找到最优秀的传承者。"苏格拉底看着眼前满脸歉意的助手无奈地笑了笑，不再说话。

转眼，大半年过去了，苏格拉底的身体越来越差，眼看就要告别人世，可是，那位最优秀的传承者依然没有半点影子。看着病榻上的苏格拉底，助手非常惭愧。他泪流满面地坐在病床前，嘴里不停地说着"对不起，让您失望了……"

苏格拉底微微睁开眼睛，轻声说："失望的是我，对不起的却是你自己。最优秀的人是你自己，只是你不敢相信自己，才把自己给忽略、给耽误、给丢失了……其实，每个人都是最优秀的，差别就在于如何认识自己，如何发掘和重用自己……"话没说完，这位伟大的哲人就永远地闭上了眼睛，永远离开了他曾经深深凝视着的这个世界，而他的助手早已脸上布满了悔恨、伤心的泪水。

"最优秀的人就是你自己"，这不仅是苏格拉底留给那个助手的至理名言，也是苏格拉底留给整个人类的一笔财富。在这个世界上，很多美好无法到达，不是因为困难重重，而是因为我们缺乏自信和承认自己的勇气。相信自己，美丽才不会遥远。

我没必要羡慕别人

很久以前，在一片宽广无际的草原上生活着一群牛和两头驴。

牛儿们身材高大，性情敦厚温良，他们逐水草而居，吃柔软细嫩的青草，喝清凉甘美的河水。一直以来，他们都相互关照着彼此，和睦幸福地生活在一起。

两头驴一胖一瘦，相依为伴。一直以来，胖驴每天都吃很多的草料，直到吃的走不动路不停地打嗝，然后躺在草地上打滚晒太阳；而瘦一点的那头驴虽然看起来弱小，但却每天都精神抖擞的去寻找茂盛青葱的草地和清凉可口的河水。这样日子久了，胖驴越来越胖，瘦驴越来越健壮。

有一天，胖驴看着对面草地上安静吃草的牛群对同伴说："你看牛儿们的生活是多么高贵，我好羡慕他们那样自由自在地幸福生活……""我们每天也可以吃到脆嫩的青草，喝到干净的河水，也可以自由自在地奔跑散步，没必要羡慕它们，我们现在这样不好吗？"瘦驴知足地答道。胖驴又接着说："我们怎么可以和牛群相比呢？他们可以悠然沉稳地咀嚼柔嫩的青草，慢条斯理地啜饮甘美的泉水。他们是那么的高贵，那么多牛生活在一起，是一件多么有趣的事情啊。"瘦驴看着胖驴一脸羡慕的表情欲言又止，低下头继续吃草。自那以后，胖驴每天都会非常羡慕地看着远处的牛群发呆，甚至效仿牛的生活方式及行为举止，他希望自己也可以成为牛

群里的一员。

终于有一天，牛群决定迁徙到一处水草肥美、风和日丽的地方，邀请两头驴一同前往。还没等瘦驴反应过来，胖驴就高兴地答应了。到了迁徙地，瘦驴指了指小溪边的一块青草地，对胖驴说："我们就住在这吧，这里既有旺盛的青草，又有纯净的溪水，很适合安家。"胖驴不屑地瞥了一眼同伴，骄傲地说："我不在这里，我要去和牛群一起过高贵的生活。"说着便朝牛群跑去。

胖驴混夹在牛群中间，左顾右盼，前跑后颠，一想起自己终于可以像这群牛一样过着优雅高贵的生活，胖驴心里就美滋滋的，感觉自己到了天堂。牛群里的牛看见胡乱跑跳的胖驴都很礼貌地躲避谦让。于是，胖驴心中便更加得意起来，趾高气昂地跟在牛屁股后面，他坚信自己已经成为牛群的一员。

然而，驴终究是驴，无论怎样改变也无法变成它羡慕的牛。胖驴吃草的时候总是禁不住用蹄子前刨后挠，不一会郁郁葱葱的青草地就被它践踏的不成样子；它口渴喝水的时候总是一跑一颠地来到水中央，不安分地在河水里面乱搅，没过一会清澈的河水就被它弄成了浑汤；当它学牛儿们叫声的时候更是可笑，不管它怎么拼命地叫，都依然改变不了驴子那世人皆知的沙哑声音。

最后，这群温良谦让的牛再也无法忍受这头胖驴拙劣的表演，感觉它打破了以往牛群的平静，扰乱了牛群正常的生活秩序。当胖驴再次把绿草地践踏，将泥巴搅进清水，牛儿们再也无法忍受了，它们群起而攻之，不消几下，这头愚蠢的胖驴便瘫在了烂泥地上，奄奄一息了。

群牛将驴子丢弃在旷野上，迈着坚实的步伐，浩浩荡荡地继续寻找新的水草。远处的小溪边，瘦驴如往常一样低着头安静的吃草，它的身影在落日余晖里显得格外壮健高大。

两个书法家

古时候，有两个练习书法的人，他们为了使自己有朝一日能成为造诣深厚的书法家，勤学苦练废寝忘食，几乎到了发狂的地步。

然而，在追求精湛书法的道路上，这两个人却有着迥然不同的选择。其中一个人以各大书法家为楷模，极认真地模仿书法大家的各种笔法，不仅追求形似，亦追求神似。当他有一天发现自己笔下的字和神往已久的大家笔法相差无几的时候，心里颇为得意。而另一个人与他正好相反，不仅百般研究苦心孤诣，还要求自己所写的每一笔每一画都要不同于名家笔法，极力追求心性开阔、流于自然的笔体。每次别人称赞他的字很有自己风格的时候，他就会止不住地眉开眼笑起来。

有一天，乡里举行书法比赛，最终两个人获得并列第一。两位对这样的结果都极为不满意，都认为自己的字是十里八乡无人能比的，对方的字最多排在第二，于是便争论起来。其中一个人拿着自己的字对另一个人说："我写的字都是按照历代书法大家的笔法学习而来的，每一笔都透着大家的气势。请问仁兄，您的字哪一笔是古人的啊？"另一个人听了不但没有生气，反而笑眯眯地对他说："我的字虽然没有古人的风骨，但都是顺情而至致，顺势而趋之，如此写就的。每一笔每一画都展现着我自己独有的风格。你的字确实惟妙惟肖，几乎可以以假乱真，但究竟哪一笔是属于你

自己的呢？"第一个人听了竟无言以对。

三国时期，也有两个这样的书法家，只不过这两个人一个是师傅，另一个是徒弟，他们便是当时魏国著名书法家钟繇和他的徒弟宋翼。

宋翼跟着钟繇终日辛苦练字，但每次都是随性地跟着自己的感觉来，很多时候都刻意求新而不遵循师傅的章法，这让钟繇对他很不满。有一天，钟繇让宋翼写一幅字给他看，当宋翼很认真地写完拿给师傅看时，钟繇不但没有夸赞他，反而却大发雷霆，因为宋翼依旧按照自己的章法来写字，而忽略了师傅钟繇的规劝与教导。钟繇看着那些字一气之下对着宋翼破口大骂，甚至讥讽他以后也不会有什么作为。宋翼看着暴跳如雷的师傅，没有多言便心灰意冷地扬长而去，从此再也没有回来。

转眼三年过去了，一天，一个友人拿着几幅字来找钟繇赏玩。打开字一看，钟繇眼前一亮，顿时竖起大拇指赞不绝口。那幅墨迹，在大家看来，虽称不上神品，但却气势显赫，笔底凝重，基础扎实，那笔意不同于任何一家而是自成一宗。钟繇忍不住地问道："这幅墨迹出自何人之手？"有人答道："写此佳作之人正在门口等着您约见呢。"钟繇赶忙叫人去门口迎接。钟繇怎么也想不到来者不是别人，正是被他当年咆哮骂走而如今青出于蓝而胜于蓝的弟子宋翼。看着眼前对自己恭敬有加的徒弟，想起曾经顽固的自己，钟繇内心百感交集像打翻了五味瓶，竟然站在那里一时不知道说什么好。

其实，很多时候我们都在模仿别人的过程中忘记了自己，然而成功却往往都是从"做自己"开始的。

最丰富的一座宝藏

约翰是哈佛大学音乐系的一名学生。他曾经为自己能够走进这里而深感幸福，他和这里所有的同伴一样，希望哈佛能够成就自己的未来和梦想。于是，从迈进哈佛的那天起，他从不敢放慢自己的脚步，一直认真努力地学习着所有课程。

这天，约翰和往常一样走进了练习室，可他发现在钢琴上摆放着一份全新的乐谱。"又是这么难，怎么练……"他一边翻看着乐谱，一边自言自语地说着，弹奏钢琴的信心又一次跌到了谷底。这样的状况已经持续了三个月，自从约翰跟了这位新的教授之后，弹琴变成了一件让约翰害怕的事情，他不明白教授为什么要这么"残酷"地对待自己。想到这，他无奈地抬起头，深深吸了口气，勉强打起精神，再一次用自己修长的手指在钢琴键上奋战着，奋战着……略显生涩的琴音盖住了教室外面教授走来的脚步声。

约翰的这位新的教授，是个极其有名的音乐大师。授课第一天，他递给约翰一份乐谱让他试着弹奏，可因为乐谱的难度较高，约翰弹得生硬僵滞、错误百出，甚至都没来得及将乐谱弹完。下课的时候，教授对约翰说："这份乐谱，你弹得还不成熟，很多地方都存在错误，回去好好练习一下。"

接下来的一个星期，约翰把自己关在了琴房，不顾一切地练习着，终于可以将乐谱熟练地弹奏出来了。第二周上课的时候，约翰正准备让教授验收，可没想到教授又随手给了他一份新的乐谱，约翰接过去打开一看，简直呆了，这份乐谱比上一份还要难。教授似乎彻底忘记了上周的那份乐谱，提都没有提，只是不停地催促着约翰试着去弹这份更难的乐谱。

约翰虽然无奈，却只好照办。他鼓起勇气，向这份陌生的乐谱发起了挑战。第三周、第四周……乐谱越来越难，每次上课约翰都会被一份新的乐谱所困扰，他只得一次又一次将乐谱带回去不停地练习，只是等到下次上课的时候，他还是得重新面临新的、而且是两倍难度的乐谱，约翰根本无法赶上进度，内心的自信被越来越难的乐谱打击得所剩无几，他感到越来越不安，越来越沮丧。

当教授再次走进练习室，约翰再也无法忍受了，他必须要告诉教授自己的想法，让这位音乐大师知道这三个月对自己来说是怎样的折磨。可是，当约翰鼓起勇气把所有的不解和抱怨说完以后，教授竟什么都没有说，径直走到钢琴架上抽出了最早让约翰练习的那份乐谱递给他并让他弹奏。

当约翰的手指在钢琴上飞舞时，不可思议的事情发生了，从他的指尖流淌出来的乐音竟然如此流畅，如此美妙、如此动听。

接着，教授又让约翰弹奏了第二堂课的乐谱，响彻在耳畔的音乐依旧如第一首那么灵动美妙……弹奏完毕，约翰怔怔地看着老师，说不出话来。

教授看着略显尴尬的约翰，语重心长地说："现在知道我为什么每次都让你练习如此高难度的乐谱了吧，如果不那样做，你怎么会知道自己有多大的潜能呢？"说完，将一本新的乐谱递给约翰，然后向教室门口走去。

"每个人都拥有一座潜能的宝藏。我们每个人都蕴藏着巨大的潜在力量，等待着我们去发现、去认识、去挖掘。这种力量一旦引爆出来，将带给你无穷的信心和能量。"这就是哈佛大学在无形中给予每个学子的深厚馈赠。

寻找最伟大的东西

在一个寒冷的冬天，一座小木屋的墙洞里，鼠爸爸和鼠妈妈迎来了他们的第八个鼠宝宝。在它们的精心照顾下，鼠宝宝们熬过了冬天的寒风刺骨，迎来了生命的春天。渐渐的，鼠宝宝们长成了一群可爱的小老鼠，每一天鼠爸和鼠妈都会叮嘱它们不要到处乱走，不停地提醒它们外面的世界有多凶险。可是，其中一只聪明伶俐的小老鼠却是如此的不安分，它对外面的世界充满了好奇，每天都对着狭窄的洞口想入非非，想要寻找这个世界上最伟大的东西。

有一天，这只小老鼠又像往常一样望着洞口唉声叹气，另一只小老鼠走过来对他说："你与其每天都窝在这乱想，还不如去外面的世界闯一闯，说不定能找到你心目中最伟大的东西呢。"小老鼠听了他的话，立刻清醒过来，坚定地说道："对呀，我应该去寻找啊，我怎么没想到呢？"

另一只小老鼠嚷嚷起来："妈妈说过外面的世界太危险了，我们不能随便离开家的！"

小老鼠沉默了一会，昂着头说道："可是一直待在这里，你是永远都不会知道世界上最伟大的东西是什么。"它下定决心，一定要离开鼠洞去寻找那个一直困扰着自己的答案。

第二天，趁着鼠爸鼠妈外出寻找食物的机会，小老鼠告别了兄弟姐妹，在大家的鼓励与祝福中自信满满地离开了那个温馨的家，开始了寻找的旅途。

它刚从洞口出来，便看见了爬满整面墙的常春藤，便跑过去问道："您的枝干这么强壮，竟然可以爬满整面墙，而且还长满了那么多叶子，看来您一定是世界上最伟大的东西了。"

小老鼠正在为自己找到答案而沾沾自喜，忽然听见常春藤慢悠悠地说道："你错了，小朋友，我不是最伟大的。远处生长在森林里的大树棵棵身材高大，枝叶繁茂，它们比我伟大多了"。

小老鼠听完后很失望，它跟常春藤简单话别后便向远处的森林里走去。它来到一棵有着苍翠枝叶的大树旁，仰着头道："您这样高大伟岸，肯定是世界上最伟大的东西！"大树俯下身，笑着对他说："您错了，孩子，我只是这世界上最平凡的一棵树，远远谈不上伟大。"

小老鼠叹了口气，躺在树下的草地上休息。温暖的阳光透过树叶倾洒下来，看着闪烁着亮光的树叶，小老鼠突然起身兴奋地喊道："太阳公公的光是那么温暖，照耀万物的它才是最伟大的！"

太阳公公笑着说："我不是最伟大的，一会乌云姐姐出来，你就看不见我了。"果然，不一会乌云就出来遮住了太阳。

小老鼠又大声地对低低压下来的乌云道："乌云姐姐，你真是太伟大了，连太阳公公都被你遮住了。"乌云却答道："等会起风了，你就明白谁最伟大了"。

忽然，一阵风刮过，乌云一下子就不见了。小老鼠迎着微凉的清风，情不自禁地说道："风姑娘，你把乌云都吹散了，一定是世界上最伟大的了！"风姑娘有点悲伤地说："你错了，我连一堵墙都吹不倒，算什么最伟大的啊。"说完，"呜"的一声便消失得无影无踪。

小老鼠郁闷极了，想不到自己找了这么久，还是没有找到答案。走着走着，小老鼠来到了一面墙根前，它想起风姑娘的话，又兴高采烈起来。

小老鼠崇拜地看着面前的墙说："墙大哥，连风姑娘都奈何不了你，你应该是世界上最伟大的了！"

墙大哥皱着眉摇摇头："不是的，我马上就要倒塌了，这都是你的同伴们的杰作，它们在我身上钻了好多洞，把我弄得千疮百孔。我想你们老鼠才是最厉害的。"小老鼠惊讶地望着墙又看看自己，猛然间恍然大悟："世界上没有绝对的伟大，只要能顺其自然发挥自身所长，自己就是最伟大的。"想到这，小老鼠高兴极了，他决定赶紧回家，把自己找到的答案告诉兄弟姐妹。

人生不要为上帝而活

有一天，万能的上帝突发奇想，决定创造三个人，让他们到人间体味生活。

上帝用他无限的智慧和神奇的力量成功地创造出了三个人。他问第一个人道："我让你去人间感受生活，你打算如何度过自己漫长的人生呢？"第一个人想了想，对上帝说："我要充分利用我的生命去创造，为其他人带来幸福和美好。"

上帝点点头，把目光移到第二个人身上，好奇地问："你能告诉我，到了人世间，你准备怎样度过自己的一生吗？"第二个人不假思索地答道："亲爱的上帝，人世间丰富多彩，我打算要用一生的时间去好好享受，不辜负您赐予的生命。"

听完，上帝沉默了一会，便对着第三个人说："轮到你了，你打算如何在人世间度过你的一生呢？"第三个人虔诚地看着上帝，对他说："我不仅要创造人生，我还要尽情地享受人生。"上帝听完，没有作声。

过了许久，上帝对这三个人说："如果给你们三人刚刚的回答打分的话，第一个人我给打五十分，第二个人也给打五十分，第三个我给一百分。"说完，上帝便让这三个人来到了人间。其实在上帝心里，第三个人的人生选择才是最完美的，上帝甚至想多创造一些像第三个人这样的人。

　　第一个人来到人间，他努力学习各种知识，在工作和生活中表现出了极强的拯救意识和极大的奉献精神。每当身边的人遇到困难，他总是第一个伸出手给予帮助，并从不奢求任何回报。当他被误解被孤立也毫无怨言，因为他坚信真相早晚会水落石出，他的一生都在付出与奉献中度过。晚年的他，成了一位德高望重的人，他的善行和精神被人们广为传颂，他的名字被深深镌刻在了人们的心里。在他离开人世的那一天，许多人从四面八方赶来，泪流满面，依依不舍地为他送行。直至若干年后，他还一直被人们记在心里深深怀念着。

　　来到人世间的第二个人与第一个人做法却截然不同，他有着极强的占有欲和破坏欲。为了达到自己的目的，他不择手段，无恶不作，成了让人害怕的穷凶极恶的人。

　　最后他靠着罪恶的手段为自己累积了巨额的财富，生活极度奢靡，一掷千金，妻妾成群。后来，他因为作恶太多而得到了应有的惩罚，他被正义之神永远地驱逐出了人间，他的一生得到的是人们的鄙视和唾骂。若干年后，他还一直被人们深深痛恨着。

　　第三个人带着好奇和希望来到人间，做了一名平凡的普通人。他认真读书，考上了一所不错的大学，顺理成章有了一份稳定的工作，过着朝九晚五的生活。

　　后来，在别人的介绍下认识了妻子，组建了自己的家庭，并在婚后的第二年有了自己可爱的孩子，每天过着忙碌而充实的生活。柴米油盐酱醋茶是他生活里最重要的元素，工作、家庭是他生命中的全部。他和人世间大多数普通人一样，过完了自己平凡的一生。若干年后，除了家人，没有人记得他的存在。

　　凡人们给这三个上帝派来的人打出了截然不同的分数，第一个人得到了一百分，第二个人得到了零分，第三个人得到了五十分。这个分数，才是他们人生的最终得分。

其实仔细想想，人类的生命状态似乎只能划分为这样的三种人。上帝的打分和人类的打分存在着天壤之别。人类认为这是上帝的失误，可是人类却无从知道上帝的想法。所以，人生要为自己活着，而不是为上帝而活。

永远只有 25 岁

我家附近有一个小广场。夏日里，每天晚饭后，周围小区的很多人都会聚集到这里跳广场舞，有老有少，有男有女，这一跳就跳到九、十点钟。

母亲也是个广场舞的狂热爱好者，每天到小广场跳舞这件事变成了她生活里的主旋律，而且她还会时不时地拉上我一起。我自认从小就没有什么音乐细胞，更不用说跳舞了，所以大部分时间里我都是坐在小广场的台阶上边玩手机边打发时间。

这一天，我如往常一样坐在台阶上用微信和朋友有一搭没一搭地聊着天。只听一首舞曲刚结束另一首紧接着响起，不知道他们跳了多久。忽然有一位四五十岁的阿姨坐到了我的身边。她气喘吁吁地从口袋里拿出手绢擦了擦额头的汗珠，然后又慢慢地从布包里拿出一瓶水喝了起来，在广场昏暗的灯光中，她的面容依旧清晰可见。虽然岁月无情地在她的脸上留下了沧桑的痕迹，但依旧能看出那曾是一张长相精致的脸。等到新的舞曲响起的时候，她依旧没有起身。我继续玩着手机，忽然听见她对我说："姑娘，你怎么不去跳跳啊，锻炼锻炼挺好的。"

我抬起头笑着说："我不会呀，你看你们跳得那么整齐，我插进去只会捣乱，呵呵……"

"其实，跳舞是一件挺有意思的事，你可以试着尝试一下，要不我教你吧。"她接着说。

我开始厌烦起来，心里觉得这个"大妈"特别啰唆。但依旧礼貌地答道："不用了，我母亲也会跳舞。"说着用手指向母亲跳舞的方向，然后便继续头也不抬地玩着手机，没过多久，她便离开去继续跳舞了。

回到家，我和母亲抱怨在广场上遇到了一位"啰唆的阿姨"，当我仔细跟母亲描述一番后，母亲竟然说那是教她们跳舞的老师，接着便给我讲起了她的故事。

原来，那位阿姨出生在 20 世纪 50 年代末，虽然那时候国家经济有所好转，但依然有很多人在为吃饱穿暖而发愁。她的父亲是个普通的工人，母亲常年体弱多病，家里一共姊妹四个，而她是老大，很小的时候她就肩负起了家里的重担。但即便这样，父亲依然尽其所能的供她们读书。阿姨还算是幸运的，在花一般的年龄考进了一所艺术大学，选择了舞蹈专业。

那时候她没日没夜地在练功房里练习各种动作，最大的梦想是当一名舞蹈老师。可是没想到在大学的最后一年，一场车祸让她的人生彻底改变。从那以后，她再也不能做剧烈的运动，最后只能无奈地放弃了舞蹈梦。那一年，她 25 岁。

一个女孩在最美好的年纪失去了她最美丽的梦想，搁在任何人身上都无法承受，而她对舞蹈的热爱却丝毫未减。后来她嫁为人妻，接着成为人母，和很多女人一样开始了平淡的生活。每次在电视上看到那些优美的舞蹈，她都忍不住站起身来小心地在屋子里转上几圈。

直到后来，广场舞的流行又重新燃起了她跳舞的希望。因为广场舞的节奏和动作都比较慢，加上她年轻时候的舞蹈功底，所以她学起来并不难，有时候还会自己编排舞蹈。久而久之，因为她优美的舞姿，竟然有很多大妈大婶们向她请教，甚至在她的带领下成立了社区广场舞表演队，还经常参加市区里的广场舞表演并多次获奖。

听母亲讲完，回忆着那位在广场中心迈着轻盈舞步的阿姨，心中不禁肃然起敬。广场舞对她来说不仅仅是茶余饭后消遣时光的方式，而是承载了她的梦。即使容颜老去，两鬓斑白，她依然会在25岁的梦想里美丽地绽放。

自信的女孩最美丽

　　叶子出生在一个贫困家庭，父母一心想要一个男孩，作为家里的第四个女儿，她的出生并没有带给父母多少欢喜。相反，对于这个一贫如洗的家庭来说，她成了额外的负担。她出生的时候正值深秋，院落里铺满了落叶，母亲便决定叫她叶子。

　　因为家里穷困，在叶子的记忆中她似乎都没有穿过新衣服，无论春夏秋冬，她身上穿的永远都是前面三个姐姐替换下来的旧衣服，甚至连鞋子也都是姐姐们穿破以后丢给她的。虽然家里贫穷，但父母却从未放弃让几个女儿读书的机会，就算借钱也要把她们送进学校。

　　叶子终于也到了上学的年龄。开学那天，妈妈把一件叠得很整齐的衬衣从柜子里拿了出来。虽然原本粉红的衬衣已经被洗得发白，但这依旧是叶子最喜爱的衣服，在这以前，只有春节的时候妈妈才舍得让她穿。叶子早早吃了早饭，穿上心爱的衬衣，背上妈妈用五颜六色的布块拼接成的书包，高高兴兴地上学去了。

　　可上学的第一天，叶子竟然哭着跑回了家。妈妈看到委屈的女儿，便问怎么回事，小叶子一边抽泣一边跟妈妈说了事情的经过。原来，今天在学校，老师让大家做自我介绍，当叶子走上讲台的时候，突然一个小男孩指着她的鞋子喊道："老师，她的脚趾露出来了。"所有的同学都低下头

看叶子的鞋子，还不时发出一阵阵哄笑，因为老师的喝止笑声才停，接着便是一阵窃窃私语。

听到这，妈妈一把搂住叶子，嘴里不停地说着"对不起"。第二天，虽然那只有着破洞的鞋子被妈妈换掉了，但是叶子怎么都不肯去上学，妈妈没办法，只得硬拉着叶子来到了学校。在一片嘲讽的目光里，叶子低着头坐在自己的座位上，两只小手紧张地攥在一起。从那以后，叶子在学校里总是独来独往，她习惯低着头走路，很少和同学打招呼，就连回答老师提问的时候声音都很小。虽然成绩优异，但她在学校里除了书本再也没有其他的朋友。

转眼，又是一年树叶凋落的深秋，叶子迎来了她的第九个生日。然而，这一年的生日妈妈没有像往常一样给叶子煮鸡蛋，而是带着她去逛商店，让她自己挑选生日礼物。看着商店里琳琅满目的商品，叶子一时不知道该选什么。忽然，她的目光停在了柜台里摆放的那只蝴蝶发卡上，那是一只美丽精致的发卡，蝴蝶栩栩如生像要飞起来一样。

妈妈看着小叶子的目光，毫不犹豫地买下了那只发卡并帮叶子戴在了头上。"你戴着这只发卡简直漂亮极了，像个美丽的小公主！"店主夸赞道。叶子听了高兴得不得了。走在回家的路上，小叶子像换了个人，竟然昂起了头，高兴得像只小兔子，不停问妈妈自己漂不漂亮。妈妈笑着告诉她，叶子是最美丽最可爱的女孩了。

第二天，叶子戴着蝴蝶发卡早早地出门了。在学校门口，同学们看着穿着朴素的叶子，竟然跟她打起了招呼，一个劲地说叶子好看。叶子走进教室，迎面碰上了她的老师。"叶子，你昂起头来真美！"老师温柔地拍拍她的肩膀，笑着说。

那一天，叶子得到了许多人的赞美，她以为肯定是蝴蝶发卡让她变漂亮的。晚上回到家，她匆匆放下书包跑到镜子前想好好看看戴着漂亮发卡的自己，可是忽然发现自己头上根本没有蝴蝶发卡，叶子望着镜子里的自己呆住了。这时爸爸从外面走进来对她说："你是在找这个吧。"说着将蝴蝶发卡递给了她。原来，早上她着急地想让同学们看到这只蝴蝶发卡，竟然被爸爸撞了一下，发卡掉了她都没有注意到。爸爸看着镜子里的叶子，慈爱地说："即使不戴这只发卡，我的叶子也是最漂亮的。"

从那以后，叶子的脸上一直挂着灿烂的笑容，即使依旧没有新衣服穿，但她每天都昂着头走路，通往学校的那条小路上再也没有了那个孤单的身影。叶子的人生在自信的道路上，变得越来越顺畅，越来越美丽。

跨越心中的鸿沟

有一个小男孩，九岁时就喜欢上了撑竿跳高。为了变得更强，他不分昼夜地艰苦练习着。为了让自己的助跑更快一点，他每天天不亮就起床去跑步；为了让自己握竿更有力量，他不断锻炼着自己的手臂力量。这样的训练使他百米跑的时间达到了 10.02 秒，跳远距离达到 7.80 米，持竿助跑速度最高可达每秒 9.6 米，而这些素质使他在跳高时能够充分利用和发挥撑竿的物理性能，对他在后来的一系列比赛中创造优异成绩奠定了良好的基础。

男孩坚持不懈地努力着，他撑竿跳高的成绩也在不断提升。20 岁时男孩便在田径世锦赛上获得了该项目的金牌，引起了全世界的震惊。随后十几年的时间里，他成了征服这项运动的"霸主"，一次又一次地刷新着世界纪录。

然而，飞得越高，摔得就会越痛。这个撑竿跳高界的后起之秀也曾经历过一段无比艰难的日子。那是一次大赛前的训练，尽管他不断尝试冲击新的高度，但每一次都是以失败告终。那根曾经让他无比自豪的标杆却变得让他害怕起来，每一次站在训练场上，他的心里都像压了一块巨大的石头般沉重。恐惧围绕着他，他害怕自己无法完成超越，害怕自己辜负身边那些支持和信任他的人，害怕自己的辉煌如流星般转瞬即逝。在那些苦涩

的日子里，男孩变得越来越苦恼、沮丧，甚至越来越怀疑自己的能力。

一个阳光明媚的早上，男孩又一次来到训练场。看着不远处的标杆，恐惧与压力再一次袭来。他禁不住摇头叹息，对身边的教练说："对不起，教练，我实在是跳不过去。"教练看着他，平静地问道："你能跟我说说你心里的想法吗？"

男孩用低沉的声音如实回答道："我现在只要一踏上起跳线，看着那根高高悬着的标杆，心里就害怕得不行，然后心脏就开始怦怦跳个不停，身体会没有力气甚至不听使唤。每次我都特别想要跨越那个高度，越是这样想就越害怕。"

"那根标杆就像你心里的一道沟壑，要想重拾以前的自信，你必须先跨越心里的那道鸿沟，让你的心从标杆上跃过去，只有这样，你才能完成身体的超越。"教练语重心长地对男孩说。

于是，男孩又一次握起竿站在起跳线前，他闭上眼睛深吸了一口气，良久，他突然睁开眼睛，迅速地开跑、起跳，身体在标杆上方划出了一道完美的弧线。这一次，他顺利地跃身而过，一项新的世界纪录又被刷新了，他再一次超越了自我。教练看着眼前如重生般的男孩，脸上露出了欣慰的笑容。

这个跨越心里的鸿沟，超越自我的男孩，便是世界撑竿跳高史的神奇人物谢尔盖·布勃卡。他把撑竿跳高当作一种艺术去追求，将体育运动中最快的速度、最高的飞跃、最完美的技巧和最惊险的效果巧妙地融合在了一起，在其辉煌的运动生涯中35次打破男子撑竿跳的世界纪录。每次有人问他成功的秘诀是什么，他总是笑着答道："很简单，就是在每一次起跳前，我都会先让自己跃过标杆。"

第二辑

给自己一张梦想之票

100万美元的梦想

很多年以前，一个叫冈索勒斯的美国年轻人带着梦想和希望迈进了大学的校门。从小就有很多新奇想法的他积累的知识越来越丰富，对周围世界认识越来越深刻，脑袋里的新思想也就越来越多。他经常会对一些事物提出自己独特的看法，即使很多时候这些看法不被周围人所认同，但他依旧坚持己见。因为他相信，被认可不一定是好事，不被认可却有可能创造奇迹。

大学里的他除了学习专业知识以外，还对现有的大学教育制度有着很深的研究兴趣。从进入大学校门那天起，他便利用课余时间进行调查和研究。在大学即将结束的时候，他终于将自己关于教育制度的调查研究及自己独特的想法整理成了一套完整的方案。

当其他同学都忙着投放简历、四处应聘的时候，冈索勒斯带着自己的方案敲开了校长办公室的门。在校长的办公室里，冈索勒斯向校长说明了来意，并简短地介绍了自己关于改进大学教育制度的若干建议。校长听完不屑地看了看他，心不在焉地留下了方案。冈索勒斯对此很失望，他因自己那些精心整理的制度不能付诸实施而苦闷。

这一天，躺在床上对着天花板发呆的冈索勒斯突然想通了一个道理："对啊！我为什么不自己办所学校，实施这些制度呢？如果我自己来当校

长，不就可以把这些方案全部付诸实施了吗？"想到这，他重新打起精神，欢快得像个小孩，兴致勃勃地开始了筹备。经过一番认真的计算后，他得出办一所大学需要 100 万美元。这对于还没有正式走出校园的冈索勒斯来说简直就是天文数字，即便他开始工作赚钱不吃不喝，也要等很久才能攒够这么多钱。所以他必须找到一个快速拥有 100 万美元的办法。

当同学们知道了他的想法后，都在背地里嘲笑他傻瓜，认为他在白日做梦。可这些都没有让他放弃建学校的想法。他苦思冥想了很久，终于有一天，身边放着的报纸再一次为他点燃了梦想的火种。他给芝加哥各大报社打电话，让他们刊登一则广告，说他要在下周日早上举办一个演讲会，演讲的主题是《100 万美元的梦想》。这则广告引起了当时食品加工业巨头的注意，这位富商对冈索勒斯的演讲很有兴趣。

冈索勒斯的演讲在一处幽静的礼堂里举行，吸引了很多人前来。演讲中，冈索勒斯感情充沛地向大家描绘了那所梦想中的学校，既有调研分析又有前景规划，非常具有说服力和感染力，台下时不时想起雷鸣般的掌声。

演讲结束后，那位食品加工业的富商走到冈索勒斯的面前，向他介绍完自己以后，激动地说道："年轻人，你很有想法，你刚刚构想的学校深深吸引了我。如果明天你有空，请来我的办公室，我愿意为你支付 100 万美元的梦想基金。"

后来，在这位富商的资助下，冈索勒斯创办了亚默理工学院，也就是现在著名的伊利诺理工学院的前身。亚默理工学院的学生不仅能够学到新的知识，还能收获更为丰富的生活实践，拥有更为深刻的生命体验。而冈索勒斯也成了美国受人尊崇的哲学家和教育家。

光明与火把

在很远很远的地方有一个小镇，四周被大山环绕。如果要到山外面的世界就要跋山涉水走上五六天才能看见一座小城。小镇里住着一个年迈的老人，他从不在夜里点亮烛火，也从不畏惧黑暗。每每被人问道原因，老人都会不厌其烦地讲起自己三十年前那次难忘的遭遇。

老人年轻的时候是镇上有名的商人，那时候小镇上的人们都靠着几亩薄田艰难度日，很少有人会翻越几座大山到外面的世界去闯荡，而老人成了镇里第一个敢吃螃蟹的人。起初，老人和其他人一样靠着种庄稼勉强维持生计，可有一次上山采药，他突发奇想："我可以挖些药材到山外小城的市集上去卖。"就这样，一次两次，他挖的药材到市集上不一会就会卖光，很多顾客只能再等上一个星期才能再次买到。

为了满足顾客的药材需求，他开始在小镇收购药材，然后运到集市上叫卖。因为老人的药材货真价实，时间久了，连小城里各个药店的老板也开始从他这里进购药材。于是，老人从小镇收购的药材品种越来越多，数量越来越大，到最后他每个星期都要拉着一大马车的药材进城。每次运送药材，他必定是亲自押送，十几年从未变过。就这样，老人的钱越赚越多，没过多久就成了小镇里的头号富商。

这一天，老人又像往常一样送完了药材，在药材店门口的小吃摊前照

样吃了碗面条便返乡了。可当老人赶着马车翻越最后一座山时，从半山腰的路边树丛里突然跳出了几个大汉，手里拿着刀和木棍，老人吓了一跳，他遇到了劫匪。老人不顾马车赶忙转身逃跑，跑着跑着，山路右侧出现了一个山洞，洞口黑漆漆的，老人随即钻进了山洞。可不幸的是，那几个劫匪也追了进来。老人不知跑了多久，在洞的深处老人还是被劫匪抓住了。他们面目狰狞地向着老人大喊，让他把钱交出来。老人把身上所有的东西都交给了劫匪，就连准备夜间照明用的火把也被劫匪掳走了。在老人的再三恳求下，劫匪才没有要他的命。劫匪们满意地走了，老人却晕了过去。

这个山洞极深极黑，且洞中有洞，纵横交错，像一个迷宫。劫匪们庆幸自己在老人那里抢来了火把，于是将火把点燃为自己照明。有了光亮，行动的确方便了很多，他们不再被脚下的石块绊倒，能看清周围的石壁。但他们走来走去就是走不出这个山洞。最终，因筋疲力尽，饥饿难忍而困死洞中。

老人不知道过了多久才醒过来，周围一片漆黑。他用尽全身的力气站起来，开始慢慢地在黑暗中摸索前行，每走一步都异常艰辛。他不时被撞上墙壁，不时被石块绊倒。不知道走了多久，老人忽然在黑暗中发现了一缕微弱的光。他仿佛看见了希望，迎着那一点点的亮光，慢慢摸索爬行，最终找到了洞口，拯救了自己。

从那以后，老人放弃了自己的药材生意，用曾经赚来的钱接济乡民。在他心里，黑暗不是恐惧，而是帮助他重生的希望。正因为当时山洞里的他置身于一片漆黑当中，他的眼睛才能够敏锐地感受到洞口透进来的那一抹微弱的生命之光。

转圈的毛毛虫

　　法国昆虫学家法布尔曾做过这样一个著名的实验。他从自家的花园里找到了很多毛毛虫，然后找来一个大花盆，并把毛毛虫一条一条地放到花盆的边缘上面，使其首尾相接，围成一个圆形。过了不一会儿，这些毛毛虫便开始动了起来，它们没有头也没有尾巴，看起来像一支长长的游行队伍，围绕着花盆绕了一圈又一圈。

　　过了几天，当法布尔再次去看毛毛虫时，它们的行动轨迹似乎没有发生任何变化。毛毛虫们依旧没有明确的方向，一条紧挨着一条习惯性地向前蠕动着。这让法布尔陷入了沉思："毛毛虫们之所以这样毫无目的地爬行，可能是因为缺少一个明确的目标。如果给它们一个目标，那会怎样呢？"

　　想到这，法布尔找来了一些毛毛虫喜欢吃的松针并小心翼翼地撒在了花盆周围不到六寸的地方。法布尔推断，食物对毛毛虫来说应该是最大的诱惑。如果它们想要得到这些食物，就必须打破现有的秩序，然后零散地向着食物的方向爬行。

　　可法布尔观察了很久以后却惊讶地发现，食物对那些毛毛虫来说根本没有产生任何作用，它们依旧按照原来的形状，以同样的速度有条不紊的在花盆的边缘上爬行，对于法布尔设下的"食物圈套"，根本理都不理。一小时过去了，一天过去了，毛毛虫还在不停地团团转。一连七天七夜，

它们终于因为饥饿和筋疲力尽而死。

这是一个很有趣的实验，可怜的毛毛虫，只要有一只敢于打破那个既定的圆圈轨迹，便能获得食物避免死亡的命运。可结果恰恰是相反的，没有一条毛毛虫敢于打破原来的循环。虽然它们付出了很多，但毫无所获，最后还为此丢了性命。这向我们揭示了这样一个道理：生活中有时候需要打破常规的勇气和毅力。

比塞尔曾经是西撒哈拉沙漠中的一个小村庄，在它旁边有一块面积为1.5平方公里的绿洲，小村庄里的居民依靠着这块绿洲过着自给自足，与世无争的生活。多少年来，都没有人从这里离开，安全地走出过沙漠。

村庄里有一个叫肯·莱文的年轻人，他一直绞尽脑汁地思索着离开沙漠的办法，只因他对外面的世界充满了渴望。他把自己的想法告诉村民的时候，大家都劝说他放弃。原来，肯·莱文并不是第一个想走出沙漠的人，只是之前的那些人尝试很多次都以失败告终。肯．莱文是个固执的人，他不相信真的就走不出去，自己一定要亲自试一次。于是，他在一个风和日丽的早上上路了。一天，两天，三天过去了，干粮和水都已经没有了，肯·莱文站在沙堆上，无力地抬起头看向远方，让他惊讶的是不远处不再是一望无际的黄沙，他走出来了，他终于看见了黄沙以外的大千世界！

回到村里，村民多用一种敬佩甚至崇拜的眼神看着这个第一个走出沙漠的午轻人。肯·莱文向村民讲述着自己走出去的经历，他告诉村民他从比赛尔一直向北走，结果三天以后就走了出来。这让村民们恍然大悟：原来他们之前没有一个人向北走过，每个试图走出沙漠的人都是沿着前面那个人的足迹开始的，从没有想过另辟蹊径。

如今，比塞尔已经成为世界著名的旅游胜地，每一个到达比塞尔的人都会发现一座纪念碑，上面赫然写着这样一句话：新生活是从选定方向开始的。

雕刻你心中的美人

　　有一个雕刻家，雕刻技艺极其精湛，似乎每块石头都好像专为他的雕刻而生，再普通的石头只要经过他的手，最终都会成为一件了不起的艺术品，让人惊叹不已。

　　有一块大理石，纹理和质地都极为普通，那些想要购买石头的人连看都不曾看过它一眼，时间久了，老板大概觉得它真的没有什么价值，便将它弃置在院子角落的草丛里。

　　有一天，那位著名的雕刻家经过这家石材厂，便走进去想看看有什么好的石头可以带回去。石材厂的老板带着他看遍了所有优良的石头，但雕刻家都对之摇头。

　　最后只能失望地离开，当他快要走出院子的时候，墙角草丛里的那块不起眼的大理石吸引了雕刻家的目光。他走过去，用手仔细认真地抚摸着它，饶有兴致地观察起来。这是一块纯白的大理石，整块石头上没有一丝瑕疵，石面光滑如肌肤。雕刻家用手粗略的量了量尺寸，对老板说："这就是我要找的石头。"然后付了钱让人将这块大理石搬到了自己的雕刻间。

　　可是，三个月已经过去了，那块石头依旧纹丝不动地放在那儿，雕刻

家连提都没有提过。直到有一天，他风尘仆仆地从外面回来，然后换上衣服，匆匆走进了雕刻室。他拿着雕刻刀，开始对着那块纯白的大理石一刀一刀的雕刻起来。他每一刀都那么专心致志、精雕细琢，心中那美丽的艺术让他眼里闪烁着兴奋的光芒。

这一天，当他正沉浸在自己的艺术雕刻当中，一个小男孩跑进了雕刻室。但这个小男孩竟然一言不发，静静地站在那里，好奇地歪着脑袋，那双大眼睛一动不动地看着雕刻家的刻刀在这块未成型的大理石上舞动。雕刻室的空间仿佛凝固了，只有刻刀在大理石身上发出的滋滋声在房间里回荡。不知过了多久，大理石上呈现出了一个少女的身躯，看上去轻盈极了。

这时雕刻家稍稍放缓了手中的雕刻刀。他又开始陷入了沉思，他在思考该如何雕琢她的眼睛、鼻子、嘴巴和头发。旁边的小男孩依旧歪着脑袋看着雕刻家的一举一动。

时间老人也屏气凝神，生怕打扰了这位专注的艺术家。很快，雕刻家再次拿起刻刀，迅速地在头部雕刻起来。

没过多久，一双炯炯有神明亮的双眸闪现在雕像的头部，一个精巧的鼻子开始均匀地呼吸起来。紧接着她又长出了一头披肩长发，那精巧的嘴巴也格外引人注目。雕刻家后退了几步，目不转睛地看着雕像的头部，自顾自地点了点头，然后继续雕刻女像的双臂和修长的手指。不消几下，一个完美无比的漂亮少女就神奇般地呈现出来。

小男孩万分惊讶地"啊"了一声，竟然把雕刻家吓了一跳。转身一看，是助手的小儿子。小男孩敬仰地望着雕刻家，指着那块刚被雕成艺术品的大理石说："叔叔，你怎么知道这个漂亮的姐姐藏在石头里啊？"雕刻家哈哈大笑起来，高兴地告诉小男孩："石头里原本什么都没有呀，我只是把我心中的女神用刻刀搬到这里啊！"小男孩听后若有所思地点了点头。

　　若干年后，当小男孩再次站在这件伟大的艺术品跟前时，他终于明白了雕刻家的话：成功的美好源自之前的勾勒和思考，所有美丽的梦都是用坚韧的毅力和勤劳的汗水雕琢成功的。

三个习武者

很久以前，深山里的一户猎人家有三兄弟，他们体型各异，性格也迥然不同，他们的父亲一直想把他们培养成优秀的猎人。可是让人奇怪的是，他们三个似乎对打猎没有什么兴趣，即使父亲每次上山打猎都带着三兄弟一起去，认真地教他们如何寻找猎物，如何把握时机扣动扳机，但他们总是心不在焉。眼看三兄弟快成年了，可他们打猎的技艺却一点长进也没有。父亲看着三个儿子犯起了愁，如果没有一技之长他们以后又该如何度日。

那一天，父亲和隔壁的王老汉像往常一样来到树林中打猎，临近中午，两个猎人靠在大树底下抽着旱烟袋休息了起来。父亲不停地唉声叹气，看起来无精打采。王老汉问道："你最近怎么了？看起来愁眉苦脸的，有什么心事吗？"

"还不是我那三个儿子，眼看就长大了，可现在连只兔子都逮不到，野鸡也抓不到。以后可怎么生活啊！"三兄弟的父亲边抽烟边说道。

王老汉没有说什么，过了许久忽然对三兄弟的父亲说："对了，上次我去镇上，听说离咱这百里以外的大山上有个少林寺，少林寺主持方丈武艺惊人，实在不行，你把你那三个儿子送到少林寺学武吧！"父亲听后心里一动，决定回家跟三兄弟商量一下。

晚上父亲回到家，把三兄弟叫到跟前，严肃地对他们说："你们都长

大了，可这么久你们也没有学会打猎，要么不会追踪猎物，要么不会用枪。既然你们都不愿意跟我学习打猎，那就去学别的吧，我听说百里之外的少林寺有个武功了得的主持方丈，如果你们愿意，那就去那里学一身武艺，以后也算有个吃饭的营生。"

听了父亲的话，三兄弟觉得终于可以走出大山去外面的世界看看了，便异口同声地答道："我们愿意去学武功。"第二天一大早，他们便高兴地上路了。

三兄弟翻山越岭，不辞辛苦地日夜赶路，终于来到了父亲说的那座少林寺。他们见到主持后，向他说明了来意，并恳请主持能够收下他们。少林寺主持仔细打量着眼前的三兄弟。问道："你们谁是大哥？"这时，三兄弟中最胖的那个站了出来。主持走到大哥身边，问道："你为什么要来我这里学武啊！"

大哥毫不犹豫地说道："父亲说学身武艺，以后有个营生。而且，我现在很胖，我想通过学习武功来减肥。"

主持听完没有说什么，走到中间的兄弟前问道："你看起来这么瘦小，一定是三兄弟中最小的吧！"

"不是的，主持，我在家排行老二。"

"那你为什么也来我这里学武呢？"主持问了二哥同样的问题。

二哥不假思索地答道："虽然父亲把我送到这里是为了让我们以后有口饭吃，但我来这里其实想通过练习武艺来强身健体，因为我天生就体质很差，很爱生病。"主持听后微微地点头。

接着，他走到最后一个男孩跟前。这个少年镇静地站在主持面前，身体看起来强壮有力，脸上显现着刚毅，似乎任何力量也不能使他屈服。主持的嘴角流露出了一丝不易察觉的笑意，然后开口问道："那你又为什么要学武功呢？"

这个三兄弟里最小的男孩坚定地说："师父，我父亲是个猎人，每天

都冒着生命危险和猛兽斗争，只为了让我们三兄弟过得更好。可是我们却都不喜欢打猎，也学不会用猎枪，于是父亲让我们来这拜您为师学习武艺。我想学习很多高超的武艺，那样以后可以赚钱孝敬我的父亲，同时也可以让我自己变得更加强大。"主持听后，满意地点头微笑。

转眼间，五年过去了，三兄弟学到了武艺，大哥因为练武，确实不像以前那样胖了，二哥也因为长期锻炼身体越来越强壮。可是在三兄弟之中，只有最小的男孩武功是最强的。他在镇上开办了武馆，把父亲接到自己身边颐养天年，成了远近闻名的孝子。

寻找属于自己的布娃娃

　　从前有一对夫妻，妻子温柔善良，淑德贤惠，丈夫英俊潇洒，积极乐观。这对夫妻努力地把每一天都过得那么美好。他们乐于助人，看见谁有困难总是第一时间伸出援助之手。他们已经有了两个儿子，上帝觉得这对夫妻让周围的世界永远充满着阳光，便决定再赐给他们一个漂亮的天使。于是在他们结婚的第五年，迎来了自己可爱漂亮的小女儿。

　　小女儿天资聪颖，和妈妈一样有着一双大大的眼睛，满头黄棕色的卷发，所有人见了都要赞美一番。这对夫妻倾尽全力地爱着这三个孩子，他们不会错过任何一个值得庆贺的节日，这个幸福美满的家庭里每天都有欢声笑语。特别是每年的圣诞节，是三个孩子最期望的节日，因为那一天父亲会满足他们心中最大的愿望。

　　转眼，圣诞节的欢乐又一次降临在这个幸福的家庭。窗外飘着洁白的雪花，客厅里那棵被装饰的极其漂亮的圣诞树盛开着美丽的花朵。母亲坐在火炉不远旁的沙发上织着那件即将完工的毛衣，父亲和他的三个孩子正围在火炉边，一边烤火一边讲着故事。屋子里不时回荡着阵阵欢快的笑声。整个屋子里洋溢着浓浓的暖意和温馨。

　　故事讲完后，慈爱的父亲对三个孩子说："亲爱的宝贝们，新的一年又来到了，你们说说心中最大的愿望吧！"随后，父亲看着大儿子笑着问：

"新的一年，你有什么愿望呢？"大儿子的前额在炉火的照耀下闪烁着智慧的光芒，他兴奋地对父亲说道："我最大的愿望是成为一名科学家，研制出这个世界上最前沿、最顶尖的科技产品。"父亲听后欣慰地笑了。他又把目光转向了二儿子，和蔼地问："亲爱的，你的新年愿望是什么？"二儿子从火炉旁站了起来，笔直恭敬地向父亲行了一个军礼，然后搓着手掌对父亲说："爸爸，我最大的愿望是当一名将军，我要在战场上横扫千军，拥有拿破仑一样的威武雄风。"这时，家人看着二儿子的表演都开心地笑了起来。

最后轮到最小的女儿了，小女儿安静地坐在火炉旁，脸上还荡漾着微笑的波浪。坐在身边的父亲温柔地抚摸着小女儿的头，微笑着问道："我亲爱的宝贝，你的心愿是什么呢？"

小女儿低下头，羞涩地说道："我的愿望没有哥哥们的伟大，还是不说了吧！"接着便低下了头。

父亲把她的手握在自己的手心里，用充满爱意的声音对她说："不，我的小公主。每个人的愿望都是不一样的，但每个愿望都是美好的，告诉我们，你的愿望是什么，好吗？"

小女孩抬起头，天真无邪地望着爸爸的眼睛说："爸爸，我现在只想要一个布娃娃，您能满足我这个愿望吗？"

父亲笑着说："这个愿望是多么美好而现实啊，你一定会拥有一个世界上最漂亮最可爱的布娃娃。"接着便把她拥入怀中。

是啊，在人生路上，还有什么比找到一个真正属于自己的布娃娃，更快乐、更现实的呢？

躺在梦想的秋千上

曾经有两个小女孩，一个叫露西，一个叫多拉。她们出生在两个截然不同的家庭，露西住的房子高大恢宏，里面装饰的格外漂亮，院子里还有一个美丽的小花园；多拉住的房子则是普通的砖瓦平房，里面摆设的都是极其简单的家具，院子里连棵树都没有，到处堆着杂物。

可就是这样的两个女孩，却成了形影不离的好朋友。他们从上小学的第一天就成了同桌，从此以后便开始一起哭笑、一起打闹的日子。因为两家离得不远，露西的爸爸每天都接多拉一起上下学，有时候周末，多拉也会把露西带到家里一起做功课。时间久了，他们的父母都觉得自己的世界里又多了一个漂亮可爱的女儿。

转眼，露西的生日到了，父母决定在花园里为她举行一个盛大的生日聚会，当然多拉成了露西第一个要邀请的人。生日那天，阳光灿烂，花园里的花散发出阵阵幽香，小伙伴们纷纷向露西送了礼物，多拉送给露西的是一个特别漂亮的蝴蝶结，并亲手为露西戴上，露西高兴地一下子抱住了多拉。随后，父亲将露西带到花园的一角，露西惊喜地捂住了嘴巴，那竟然是自己梦想了好久的吊床，吊床两头的大树显得格外伟岸、沉稳。

站在一边的多拉目不转睛地看着吊床，心里想着如果能躺在上面打盹一定很棒，或者躺在上面看书也不错。正在这时，她听见露西的叫声，露

西迫不及待地想让多拉和自己一起分享这份礼物。从此，花园里的吊床成了两个女孩最美好的乐园，而在多拉的心里，越来越渴望自己也拥有一个吊床，而且是那种仿佛用天空摘下来的白云纺织起来的柔软而洁白的吊床。坐在上面，可以悠悠地来回摇荡。

每次坐在露西的吊床上，多拉都会陷入沉思："自己以后的吊床会不会像摇篮那样摇着自己进入甜甜的梦乡，会不会像空中的一只软软的小船带着自己在白云间飘荡？"可是每次想到这些，多拉的眼神就会渐渐忧伤起来，因为家里的那个小院子连一棵能拴绑吊床的树都没有。

转眼，夏天就要到了，花木集市开张的那天，多拉拿出了自己所有的积蓄，买下了两株树苗，那是两株枝丫比多拉的手指还要纤细的枫树苗。回到家，多拉把两个枫树苗栽在了院子的角落里。她一边给树苗浇水，一边说道："你们现在虽然只有一丁点儿大，可是你们以后一定会长得又高又大，能够拴起一个吊床来。你们要快快长大哟！"看着亲手栽种的树苗，多拉开心地笑了，仿佛自己已经躺在了一张属于自己的柔软的吊床上，轻轻地摇荡着，一会儿变成了月亮上的小白兔，一会儿又变成了空中飞翔的小鸟。从那以后，多拉每天都为两棵枫树苗浇水、施肥，从未间断。

转眼，好多年过去了。某一个夏天的午后，在两株枫树之间，白色的吊床正在悠悠摇曳。吊床上面绿叶葱茂的树枝如同美丽的太阳伞般舒张着，枫树叶子在微风中轻柔地摆动着，散发出沁人心脾的芳香。一个美丽的小女孩正躺在树荫下的吊床里看着故事书，旁边草地上的躺椅上一位老人正在出神地看着一张照片，照片上的两个女孩嘴角上扬，后面是一张摇曳的吊床。

把"心愿石"抓在手里

有一个年轻人，自幼家境贫穷，从小到大，他受尽了周围人的白眼与嘲讽，甚至一度被同龄人称为"小乞丐"。每次他都强忍着将苦水咽下了肚子里，生怕母亲看见自己自尊受挫的样子自责落泪。他每时每刻都在告诉自己，以后一定要赚很多很多钱，一定不能再过这种让人瞧不起的日子。后来，母亲因病去世，这个年轻人每天都在疯狂地寻找着发财的渠道，他不想再看到别人鄙视的表情，不想再让贫困和疾病带走自己的亲人。

一路走来，年轻人每每听到哪里有财路，便会不顾一切地走上那条路。有人说道矿井挖煤可以赚钱，他便让自己变成了一个煤矿工人，不分昼夜地在漆黑的矿底挖掘着煤块，直到煤矿出了事故坍塌了他才离开；有人说大山的山洞里有金子，他便马不停蹄地赶到山洞，和一群做着发财梦的人一起拿着锄头四处搜寻起金子，可最终却一无所获。就这样，他换了无数份工作，做过各种各样的活计，跋山涉水地走过很多地方，但赚的钱除了够维持基本的生计以外，他依旧贫穷得一无所有。

有一天，他干完活坐在墙角吃饭，旁边的两个工友正在聊天。其中一个对另一个说："喂，知道吗，听说不远的深山里住着一位白发仙人，如果能够与他见上一面，则有求必应，肯定不会空手而归。"

"真的啊，哪里会有那么好的事，不然大家就不会在这里累死累活的做苦工了。"接着两个人便继续吃饭。

说者无心，听者有意，年轻人连饭都没有吃完便匆匆辞掉工作开始上路去寻找工友所说的仙人。

他连夜赶路，一刻都不敢停歇，甚至忘记了吃饭。经过几天的攀登跋涉，终于来到了白发仙人住着的那座大山。但年轻人在那里苦苦等了五天，却连仙人的影子都看不见。日子一天一天过去了，眼看着他上山已经快十天了，带的干粮已经所剩无几，年轻人不由在心里嘀咕起来："大概工友说的只是传闻，可能白发仙人根本都不存在。"想到这，他决定等到第二天太阳出来就下山。

可第二天，天空竟然飘起了细雨，灰蒙蒙的。年轻人正要起身下山，忽然听到身后有人叫他："小伙子，你不是来找我的吗？怎么这么快就要下山呢？"年轻人转过身，一位白发老者站在他身前，他吃惊得说不出话来。老者问他："你那么辛苦的来到这里，有什么我可以帮你的吗？"

年轻人欣喜道："我想要很多珠宝，变成世界上最富有的人，我再也不想像现在这样贫穷。"老人摸了摸洁白的胡须，笑着对他说："山下有一个村庄，村外便是沙滩。每天早晨太阳东升时，你去沙滩上寻找一块'心愿石'，'心愿石'与其他石头不一样，握在手里，你会感觉到温暖，而且它还会发光。一旦你找到它，你所希望的事情都会实现。"

年轻人听后高兴极了，谢过了老人便匆匆下山来到了村庄。从此，每天清晨，年轻人便在沙滩上寻找'心愿石'，那些不温暖也不发光的，他便随手丢到海里。日复一日，月复一月，年轻人在沙滩上寻找了大半年，始终也没有找到那块温暖而发光的'心愿石'。

有一天，他如往常一样又开始了寻找，一发觉不是"心愿石"，他便继续丢到海里。一颗、二颗、三颗。突然，"哇"的一声年轻人哭了起来，原来刚刚被他习惯性地扔进大海里的石头，便是他苦苦寻找的"心愿石"，丢掉以后他才发觉它是温暖的。

从那以后，年轻人依旧如从前一样贫困潦倒。

弯一次腰与弯一百次腰

有一个探险家，一生都在追求生命的极限。在他快四十岁的时候，妻子为他生下了他唯一的儿子。可不幸的是孩子出生没多久，妻子却因病离开了人世。从此他和儿子相依为命，而探险离他越来越远，最后变成了陪着儿子进入梦乡的一个个故事。

渐渐地，儿子长大了。每年，父子俩都会抽出时间来一次说走就走的旅行，可他们所到的地方没有名胜古迹，没有美食佳肴，更没有安逸恬淡的自然风光。伴随他们的是大山的巍峨、山路的险峻、河流的湍急，他们的旅行没有终点，而目标就是前面一座又一座的高峰。儿子似乎从小就继承了父亲强大的毅力和勇气，他成了父亲挑战极限的最好陪伴者，但和父亲比起来还是缺乏·定的睿智和经验。

有一次，儿子被地理杂志上的沙漠深深吸引，便要求父亲带着他去穿越沙漠。从儿子期待的眼神中，他似乎看见了年轻时候的自己，于是便答应了儿子。第二天，他们背着沉重的包袱，朝着沙漠进发了。进入沙漠的第一天，儿子兴奋极了，丝毫没有疲惫的感觉，相反却因为终于看见了沙漠而高兴地不知所措，一整天都小跑着前进。第二天，儿子虽然没有第一天那么兴奋，但是精神与兴致仍然极高，甚至有时候一口气能走好几个沙丘，看着兴奋的儿子，探险家只是笑笑，未发一言。第三天、第四天、第五天……儿子的脚步越来越慢，一眼望不到边际的沙漠让他的兴致变得越来越低，有时候走着走着就会一屁股坐在沙地上，怎么都不想起来。父亲不断地鼓励他，告诉他穿越沙漠是曾经他最想做的事，必须坚持下去，在父亲的激励与鞭策中，儿子艰难地向前挪着步子。不知道过了多久，父子俩变得更加疲惫不堪，干粮已经所剩无几，而沙漠中最重要的必需品——水已经没有了，在烈日的炙烤下，沙漠像一个烤箱，皮肤被烤得瘙痒难耐。

父子俩干渴难忍，每迈出一步都异常艰难，他们互相搀扶着，一步一步地向前移动。走着走着，父亲忽然看见黄沙中有一枚马蹄铁在阳光的照耀下闪闪发光，那是沙漠先驱者的遗物。父亲慈祥地对儿子说："把它捡起来吧。说不定会有用的。"儿子却一副不屑的样子，无精打采地看了看一望无垠的沙漠，不以为然地说："这块破烂的铁片有什么用呢，我们现在需要的是水和吃的东西。"最终还是从马蹄铁上迈了过去。父亲见状什么也没说，叹了口气，弯下腰拾起了那枚马蹄铁，然后继续前行。

终于，在他们快要精疲力竭之时，来到了一座城堡，城堡的主人做事有个原则，如果沙漠中的旅行者需要什么东西，就必须要拿另外一样东西来交换。父子俩除了空空如也的包袱，什么都没有，只有那块被父亲捡起来的马蹄铁。于是，父亲偷偷用马蹄铁换来了200粒葡萄，接着他们便继续赶路。

当他们再一次在沙漠中跋涉的饥渴难耐、饥饿难忍时，父亲想起了葡萄，但他没有拿出来递给儿子。而是偷偷地边走边吃，每次自己吃一粒，还要丢一粒在沙地上。儿子发现葡萄就弯腰去捡，结果不知道弯了多少次腰，终于累的又瘫坐在沙地上。父亲走过来，坐在他身边，对他说："现在知道数百次的弯腰捡葡萄有多累了吧，当初可以只弯一次腰就能把那块马蹄铁捡起来，为什么要放弃呢？我们错过一次机会，可能会付出千百倍的努力来弥补，你明白吗？"儿子看着父亲点了点头，羞愧地低下了头。

　　在后来的征程上，儿子只要在沙漠里遇见沙子以外的东西，都会细心地捡起来放在包裹里。结果，皇天不负有心人，在父子俩进入沙漠的三十余天后，终于走出了沙漠，迎来了绿洲。而这次沙漠之旅，成了儿子生命中最重要的一课。

成功属于有梦想的人

有一个年轻人，他每次到教堂祈祷，都会虔诚地向上帝许下自己的心愿。时间久了，便认识了教堂的扫地婆婆，甚至有时候老婆婆忙不过来，年轻人会主动去帮忙。

这一天，阳光灿烂，一切如往常一样美好。年轻人又一次来到教堂，祈祷完后，仍旧像以前一样把自己的心愿告诉了上帝。走到门口的时候遇见了正在扫地的老婆婆，他接过老婆婆手中的扫把，用力地扫着台阶上的落叶，扫毕休息的时候，老婆婆奇怪地问他："这么多年，你每次来教堂祈祷，都不忘对上帝许愿，那么你的愿望都实现了吗？"年轻人笑了笑回答："第一年，我许愿，希望卧在病榻上的母亲赶快好起来，可6个月后，我的母亲还是离开了我们；第二年，我对上帝说希望我能够顺利通过大学的入学考试，可一场突如其来的大病，把我的梦想打碎了；第三年，我告诉上帝，自己梦想着能够遇见一个漂亮的女孩并娶她为妻，可后来，我的妻子却是有着一双小眼睛的平凡女子；第四年，我在上帝面前虔诚地祈祷能有一个儿子降生，可妻子生的却是一个女儿……""既然这样，那你为什么每次还会到这里许愿呢？"老婆婆不解地问道。年轻人回答说："我母亲虽然去世了，但却比医生估计的多活了三个月，在这三个月里，她的病榻边终日有人相伴，临终时，她很满足；我虽然错过了重要的考试，后

来却遇见了一个难得的机会，在一个工程师手下打工，学到了不少实际知识；我现在的妻子虽然没有一张精致出众的面容，但她优雅大方，聪明善良，有时候还能为我出谋划策，是我生活和工作中最得力的助手；虽然妻子没能为我生一个儿子，但我现在拥有一个乖巧可爱的女儿，相信有一天我的小公主会找到一个优秀的爱人。"老婆婆听后，会心地点了点头："年轻人，你以后一定会有一番作为的。"说着便拿起扫把继续扫起了地。

多年以后，年轻人经过自己的努力，终于成了公司里的职业经理人。可没过多久，因为公司发展不景气，他一夜之间从一名受人尊敬的公司经理变成了一名在街上流浪的失业者。当时繁重的家庭开支迫使他必须在最短的时间内找到一份有稳定收入的工作。失业的那段日子是他一生中最难忘记的时光。每天早早起床出门，在报刊亭买几份报纸，然后到街头的咖啡店要一杯廉价的咖啡，开始在报纸角角落落寻找着生存的希望。这样一坐便是几个小时，有时候一天下来却毫无收获。内心的痛苦、迷茫和巨大的精神压力使这个男人喘不过气来，唯一能释放自己的就是如往常一样来到教堂，向上帝诉说自己的困境和苦闷，然后依旧虔诚地许下心愿。那段日子，每天从教堂出来，他都告诉自己："即使没有一个愿望实现，但每一个愿望都承载自己的梦想和希望。每一件糟糕的事情都不是纯粹的不幸，只有将每件不好的事情往好的方面想，才能在不幸福的时候永不绝望。"

后来，在一个失业没多久的午后，年轻人偶然地遇见了同样失业的老朋友，两个人在一起聊了很久，最后一拍即合决定创建一家属于自己的家居仓储公司，这个决定点燃了压抑在他们心中的激情和梦想。他们为公司制定了一份发展规划和一个"拥有最低价格、最优选择、最好服务"的制胜理念，并制定出使这一优秀理念在企业发展中得以成功实践的一套管理制度，然后，就开始着手创办企业。没过多久，他们就把公司做得有声有色，风生水起。

这就是美国家居仓储公司，而这两个中年人便是家居仓储公司首席执行官伯尼．马库斯和他的朋友亚瑟·布兰克。他们仅仅用 20 多年的时间，就把公司发展成拥有 775 家店面、16 万名员工、年销售额 300 亿美元的世界 500 强企业，成为全球零售业发展史上的一个奇迹。

所以，挫折和困境并不可怕，可怕的是我们心中没有愿望和梦想。

给自己一张梦想支票

曾经，研究者们在美国哈佛大学做过这样一个调查实验。

有一批天之骄子即将完成学业离开校园，他们在智力、学历、身体状况、生活环境、经济状况等各方面都相差无几，并且都对未来信心满满。在他们离开学校之前，研究者将他们召集在一起，像考试一样向每个人发了一张问卷，并告知他们一定要按照自己的内心的实际想法来进行填写。

经过研究者的整理归纳，调查结果是这样的：他们之中 27% 的人根本不知道要做什么；60% 的人目标比较模糊；10% 的人有清晰但都比较看重眼前利益；3% 的人在规划自己的人生时很清楚地知道自己的理想并明白该如何为之奋斗。

转眼过了二十五年，研究者再次对这一批学生进行了跟踪调查，结果发现：那 27% 的人，因为他们人生没有清晰的目标和远大理想的支撑，生活过得很不如意，并且经常抱怨他人、抱怨社会；那 60% 的人，他们虽然有安稳的生活和工作，但收入只能勉强维持生计，几乎都生活在社会的中下层；那 10% 的人，他们经过不断地钻研和学习，无一例外地成了各个领域的专业人士，有着不菲的收入，家庭美满幸福，他们是生活在社会的中上层人士；而那有着崇高目标和远大理想的仅占 3% 的人，在二十五年间他们不断朝着自己的梦想和目标努力，就算是遇到再大的困难都不曾放弃，最终都成了社会各界的成功人士，其中不乏政府首脑、行业领袖和社会精英。

这其实不仅仅是一个实验，更像是对人生的拷问，对生命的答卷。而著名的影星阿诺德·施瓦辛格更是用实际行动为我们讲述了那极少数的3%的人的人生轨迹。

"魔鬼终结者"施瓦辛格出生于奥地利，年轻时就为自己的人生树立了远大的目标和理想，他不断地告诉自己一定要闯出一番非凡的事业，他下定决心要成为世界上最著名的健美先生。这样的决定和理想不仅没有得到朋友的鼓励和支持，相反他们认为施瓦辛格不久后必定会放弃这个愚蠢的念头，因为健美需要投注大量的时间和精神，而对于当时的施瓦辛格来说，当务之急是去找一份实实在在的工作先养活自己再说。

但在后来的日子里，他对健美先生这一理想的追求有增无减。他不断地鞭策着自己，并跟自己约定，一定要达到目标。他将自己的理想写在一张精致的卡片上，然后放在皮夹里。在后来的很多年里，他坚持不懈地努力着，用坚强和毅力朝着自己的目标与梦想一点点迈进，终于在20岁时获得了环球健美及奥林匹克先生的头衔；后来又因他高超的演技，成为了美国好莱坞世界级的著名男演员。施瓦辛格年轻时候的目标，决定了他未来的发展蓝图，他用对梦想的坚持和勇气为自己谱写了传奇。

给自己一张梦想的支票吧！在上面填上梦想名称、兑现日期，并且努力地去完成，无论年轻与否，只要追寻梦想，都不会太晚。

梦想的凳子

　　有一个小男孩，家里几代都是农民。直到八岁时父亲才把他送进学校，一方面是家里贫困，另一方面是因为父亲忽然意识到学校可以教儿子以后如何谋生。

　　有一年秋天，小男孩蘸着黑墨水，在院子里的白墙上创作了自己的第一幅涂鸦。画里面有一个四角的亭子，几棵树和一条似乎泛着光的河。邻居看了都称赞地说这孩子以后可能成为画匠。听了邻居们的话，父亲坚定地以为自己的儿子长大后真的可以画出美丽的画。就在小男孩自己还不能确定自己是否能当画匠的时候，父母亲又无意间发现了他的另一个"技能"。

　　他和邻居的小孩一起剪出好多小猫小狗的纸样，然后拿着于电钻筒进鸡窝里"放电影"，父亲观察了许久之后，便去找公社放映队的人，向他们说明了自己儿子有放映电影的天赋，希望可以在放映队里给他安排一份营生，哪怕是打打杂，抱抱片子之类的都行。后来，放映队倒是真的给了他们村一个名额，不过，不是给了小男孩，而是村支书的儿子。

　　看着儿子当不成画匠也当不成电影放映员，父母实在不知道该怎么办，于是便决定让儿子回家种地，然后又在邻村为他娶一个媳妇，也算是安稳了。可就在这时候小男孩竟然又莫名其妙地考上了县里的高中，父亲犯起

了愁，如果去上学，误了田地的活不要紧，可前几天让媒婆给说的邻村的女孩怎么办？而且村里从没有人考上过高中，自己祖祖辈辈更是没有什么文化，最后还是决定不让男孩去上学。

小男孩没办法，他只好去恳求母亲，最后在母亲的再三劝说下，父亲终于答应让他去上学。

可就算上了高中，男孩的成绩也不算特别优秀，等到毕业的时候被一所三流的专科学校录取了。原本他可以读完专科，回到家乡当一个教书先生，一生就可以风平浪静地度过，这也是父母亲曾经最希望看到的。然而，大二的时候突然冒出的想法把他的人生轨迹彻底改变了。

那时候，他常常在学校校刊的副刊上读到身边同学们写的文章，于是他决定在毕业之前自己一定也要在副刊上发表一篇文章，让自己的文字也变成铅字。他开始不停地写东西，然后拿给教写作的老师看，稍微得到赞许就立刻投给校刊编辑部。时间久了，老师都不愿意看了，他就自己看书自己琢磨。可他投出的那么多稿件，如石沉大海，没有一丁点消息。

他看着那些堆在书桌上的文稿，心里失望极了，也许自己真的不适合写作。可他又舍不得把那些凝聚着自己心血的文稿全部扔掉。于是抱着试试看的想法，选了几篇自己认为不错的文章投给了市里的日报社。让他意想不到的是，他的文章竟被日报社采纳刊登了，再后来，他的文字相继出现在了省内外的各大报刊上，这使他在以后的创作中更加信心满满，勤奋刻苦了。

他渐渐发现，自己喜欢那些在指尖跳跃的文字和笔尖划过出现的一段段情节和一个个故事，他终于明白什么才是最适合自己的。最终，他成了文学创作的大家，他写的很多文章和小说都深受读者的喜爱。

这个把自己的人生定格在文学创作之路上的男孩便是著名作家及学者贾平凹。而只是大二那年突然冒出的那么一个想法成就了他的一生。正如他自己所说："这个世界上更多的人，是被别人安排着过完一生的……却

从来没有真正自己为自己安排一件事情去做。人在这时候，最需要有一只凳子，你站上去，才会发现，你还有着许多没有挖掘出来的才能和智慧。而这只凳子，就是突然闯进你心中的一个想法，一个念头。没有这个凳子，你永远看不到梦想，更别说拥有它。"

成功，请举手

康多莉扎·赖斯是美国国务院第66任国务卿，在她任职期间，无论走到哪里，人们都会在她身边看见一个红头发的大男孩，他在一群西装革履，素以保守沉稳闻名的白宫政客中显得格外刺眼。人们每次聊起这个显得有点异类的大男孩，都津津乐道，不忘说起这样一件趣事。

红头发的大男孩名叫克里斯汀·D·布罗斯，他22岁进入白宫，作为一个毫无经验的撰稿人，他特立独行的性格在白宫同事中引起了一阵不小的骚动。布罗斯不仅在衣着上显得与众不同，而且对自己的职业也有着独特的看法和建议。白宫撰稿人是一个很特殊的群体，美国大部分的对外施政纲领和高层所有的演讲稿都是由这些智囊们构思，策划，撰写，润色。他们内部按资排辈，有着严格地等级。而布罗斯恰恰没有在意这些。他刚进入白宫不久，便根据自己从亲身实践中获得的经验，向上司陈述了一些关于工作的意见和想法。可想而知，他栽了个跟头。布罗斯独到的见解不仅没有得到上司的青睐，而且还招来了同事们的冷嘲热讽。初出茅庐的布罗斯渐渐变得沉默寡言，可他并没有放弃展现自己的机会

俗话说一朝天子一朝臣，随着2005年国务卿鲍威尔的辞职，白宫再次发生了天翻地覆的巨变。这些白宫撰稿人都暗暗为自己捏了一把冷汗，他们不知道自己的饭碗会不会因为领导层的变化而丢掉。可出人意料的是，

新上任的国务卿赖斯并没有裁员的意思。没过多久，赖斯将国务院的演讲稿撰写人召集到白宫的形势分析室，就她在任命听证会上的发言内容进行商讨。众人都沉默不语，这场讨论持续了很长时间，却一直没有进展，没有人能提出什么好主意。可就在失望的赖斯准备结束这场鸡肋般的会议时，一个红头发的年轻人高高举起了手，众人纷纷把目光投了过去，接着爆发出一阵哄笑——是布罗斯，这个性格叛逆的年轻人不知道又会说出什么让人吃惊的话来。这是整场会议中唯一主动举手的人，赖斯让他阐述自己的观点。面对国务卿，布罗斯显得有些拘谨慌乱，但还是很完整地讲完了自己的观点。赖斯微笑着听完了他的阐述，然后在会议结束的时候对身边的高级顾问吉姆·威尔金森说道："刚刚讲话的那个红头发的小孩是谁？请留意一下他。"就这样，白宫里一颗新星诞生了。

从那之后，布罗斯很快便从众多的撰稿人中脱颖而出，最后他成了赖斯首席演讲稿撰写人，这位美国首位黑人女国务卿对全世界发表的许多重要演讲，都是由他负责起草的。一篇篇天才的演讲词从他笔下流淌而出，成就了赖斯，也照亮了自己。正如威尔金森所说："布罗斯写的东西，比其他任何人都更符合赖斯的风格。他已经成为赖斯在政策和宣传方面最亲密的顾问了。"

如果没人给我们机会，我们就要自己为自己创造机会。所以，想成功，请举手。

只看得见靶心

有一个女子射箭队教练，他有三个极具天赋的徒弟，这三个女孩正值花一般的年龄。但他们的比赛成绩却已经进入了世界前十之列。三个女孩每天在训练场一遍又一遍地练习，她们都在为自己的最好成绩而不断冲刺。只要她们三个发挥正常，奥运会上的女子射箭金牌就稳落他们手中。

时间飞一样流转，汉城奥运会终于来了。射箭比赛那天，赛场周围坐满了观众，他们的呼声此起彼伏。比赛的哨声突然响起，观众们安静下来，屏住呼吸。教练坐在赛场的前排角落里，安静地看着三个爱徒比赛。可是令他大为意外的是，第一位徒弟在比赛首轮就遭到了无情的淘汰，她的成绩非常糟糕，甚至都没有达到平常训练时的水平。教练平复了一下心情，暗暗告诉自己："没事，我们有三个人参赛，剩下的两个一定会不负众望。"想到这儿，又一次自信满满地坐在那里，目不转睛地盯着赛场上的徒弟们。果然，其他两个女孩都顺利地进入了决赛。

可是，当决赛进行到一半的时候，其中一位女孩的成绩开始不稳定，每次射出去的箭都偏离靶心很多，甚至成绩越来越糟，最终也被淘汰出局。教练的心沉了一半儿，有希望拿到冠军的只有最后留在赛场上的这个女孩了。他紧紧盯着赛场上剩下的唯一的徒弟，目光一刻都不敢离开。结果，这个女孩在赛场的表现让人惊奇，她不慌不忙，老练沉着，几乎射出

的每一箭都命中靶心，最终她获胜了，拿到了这个项目的冠军，获得了金牌。

转眼，奥运会结束已经快一个月了。那两个在赛场上没有发挥出最好水平的女孩已经慢慢从失败的影子中走了出来，她们很快就进入了最佳状态。一天，教练和三个女孩结束训练在休息室休息的时候，闲谈了起来。不知不觉谈到了刚刚结束不久的奥运会比赛。教练问第一个淘汰下来的女孩："这次奥运会为什么会发挥失常，因为紧张吗？"女孩说："其实当时我没怎么感到紧张，只是从一开始，我就想'保'，我以为只要发挥出最好的水平，就一定可以稳拿第一了。可结果却最先被淘汰出局。"教练听完没有说什么，接着问决赛被淘汰的女孩："你都进入决赛了，开始的时候成绩很好，为什么后来就越来越没有信心了呢？"女孩低着头说道："开始我很有信心，可是后来有一箭射偏了，成绩不是很好，于是我就开始紧张起来，担心自己拿不到冠军，以至于后来射出的箭偏离靶心太远，最后输掉了比赛。"教练听后仍旧不发一言，继续问第三个女孩："比赛的时候，你是怎么做的，和大家说说吧！"女孩笑着说："我射箭的时候没有考虑那么多，在我眼里，只看得见靶心，连箭都被忽略了。"教练听完满意地点点头，拍着她的肩膀说："你们三个之中，大概只有你明白了什么是真正的射箭。"说完，离开了休息室。

在后来的很多比赛中，只看得见靶心的女孩一次又一次战胜了强大的对手，获得了冠军。她就是被人称"神箭手"的韩国射箭手金水宁。"只看得见靶心"，成了她成功人生的诀窍。

纯金与镀金

曾经有一个年轻人，家里世代都是当地有名的富豪，家族产业遍布世界各地。到了他爸爸这一代，生意更是越做越大，而他作为父亲唯一的儿子，继承家业自不必说。所以从小父亲就非常重视对他的教育，甚至请专门的老师来教他商业理财知识。可令父亲不解的是，儿子似乎对这些都没有什么兴趣，对举重却极为喜欢。每天下午都要跑到健身房去练习，对此父亲极为不满，于是在父亲眼里，练习举重成了不务正业。

因为年轻人对举重运动有着极大的热情，所以再怎么辛苦对他来说都不算什么。渐渐地，他举起的重量越来越重，对自己也越来越有自信。

有一天，他像往常一样来到健身房，这一次他要挑战新的重量，他在一次次试举失败之后，终于成功地冲破了之前的极限。正当他一边用毛巾擦拭身上的汗水，一边心里暗自高兴时，一个身材魁梧的人走到他身边对他说："小伙子，你的力气还真不小，竟然能举起那么重的东西，你很喜欢举重吗？好像你经常来这里练习。"年轻人好奇地看着他说道："谢谢您的夸奖，我从小就喜欢举重，因为这项运动可以让我一次次地超越自己。"身材魁梧的人笑了笑说："如果你愿意，可以来我的队伍，在这里你会接受更专业的训练。"接着把名片递给了年轻人，他看着手里的名片，脸上掩饰不住喜悦，高兴地说道："我愿意，当然愿意啊，谢谢您给我这个机会。"

就这样，年轻人成了一名业余的举重运动员。从那以后，他对自己的要求更加严格了，训练强度一次比一次大，他希望有朝一日可以代表队里参加正式的比赛。

皇天不负有心人。没过多久，教练就告诉他决定让他和队友一起参加将要举行的运动会。年轻人听后兴奋极了，每天更加刻苦地训练，他不想辜负教练对自己的期望，更想向父亲证明自己。一天傍晚，父亲正好路过年轻人的训练场，便想进去看看。他看到汗流浃背的儿子，除了不高兴，心里还隐约有点痛。

晚上回到家吃过晚饭，父亲决定和儿子认真地谈一谈。他对儿子说道："现在公司业务越来越多。你也知道，你早晚要接手公司，所以我希望你能尽快来公司帮忙。"

"可是，我就要比赛了，我想过段时间再说。"年轻人直言拒绝了父亲。

父亲听后有点不高兴，但还是压低着语气说："我不明白你为什么宁愿辛苦地练习举重都不愿意来帮我打理公司。"

儿子语气平和地说："对不起，爸爸。举重是我一直以来特别喜欢的运动，我现在成了一名运动员，更不想就此放弃，我想拿到冠军。"

"拿了冠军又怎样，只不过得到一个不值钱的镀金奖杯而已，那有什么用呢？你要是喜欢，我找人给你定制几个纯金的，岂不更好？"父亲问道，语气里明显夹带着不满。

年轻人用坚定的口吻说："我知道，一个镀金的奖杯在您看来一文不值，可那对于我来说却是我在自己喜爱的事业上所取得的成就和不断超越自己的最好证明，它凝聚了我的汗水和艰辛，是无价的；而您想要给我的纯金奖杯在我眼里只不过是金块而已，毫无价值可言。"说完，还没等父亲开口，便起身扬长而去。

后来，年轻人果然在运动会上夺得了冠军，他登上领奖台的那一刻，突然发现了台下向他微笑的父亲。没过多久，他继承了父亲的公司，凭着练习举重时候的勇气和毅力，他把公司打理的越来越好。而客厅里那座镀金奖杯和儿子一样成了父亲眼里最闪光的宝贝。

怀揣梦想的小学徒

有一个农村男孩，个子不高，性格活泼开朗。家里经济条件不是很好，因为怕考上大学家里负担不起，所以最后选择了一所普通的机电学校。这所学校对农村学生免收学费，还能让男孩学得一技之长，最重要的是从小就喜欢拆卸组装的他在这里可以看见梦想实现的希望。

学校里实行的是"2+1"的教学模式，即前两年学习理论知识，最后一年进行社会实践。男孩在学校里聪明好学，勤奋刻苦，综合能力很强，所以第一学期还没结束就被学校领导看重，很快被选进了学校的集训队。在那里，他一边学习理论，一边跟着师姐师哥们一起学习编程、机械拆解和组装。每天晚上，别的同学都上床睡觉了，可男孩还在学校的练习车间里面对着复杂的机械一遍又一遍地练习。

男孩通过自己的努力，理论素养和技能水平都有了显著的提升。在学校的三年里，他参加过全省机电一体化调试大赛获得了三等奖；随后又在全国职业院校技能大赛中获得了二等奖。这样的成绩让好多大公司向他抛出了橄榄枝，可毕业那年，男孩却选择了离家乡最近的一个工业园，跟着一个技术老练的师傅当起了学徒。

机械组装需要长久的耐心和无尽的细心，差之毫厘，谬以千里。精细的技术加上速度，需要下大功夫反复练习才能有所成就，而学习的过程中难免受伤。尤其是一些新的机械毛锋未去，铁屑毛刺稍不留神就会扎进手掌的皮肤。

有一次，男孩的手被锋利的机械边缘划了道口子，混着机油地伤口鲜血流个不停，师傅把他送去医院，医生要求缝针，可男孩拒绝了，他只要求医生简单包扎，这样就可以尽快结痂，不影响手指的灵活性。时间久了，他的手掌上密布着黑点，都是平时拧螺丝或者安装机械时扎进去的小毛刺，有时间了他就自己一点点拔出来，如果刺太小就只能等新的皮肤长出来了才能排出去。然而，这些对男孩来说都不算什么，最难熬的是瓶颈期时那种烦躁和枯燥。有时候，一套机械有成百上千个零部件，一个优秀的技师必须清楚每一个零部件的名称、原理、作用和安装方法等。有时候男孩组装到一半的时候突然发现弄错了，需要重新拆解组装，面对操作台上一堆冰冷的零部件，他的心情可能一下子会变得无比烦躁和痛苦，甚至快要崩溃。可是，男孩没有放弃，他在反反复复地坚持中积极乐观地操练一遍又一遍，直到成功。

就这样，男孩怀揣着自己的梦想，当了三年的学徒。三年的磨砺与坚持，终于成就了他的梦想，他成了一名优秀的技师。再后来，他自学了大学的相关课程，通过了一次又一次考试，成为一名高级的技术型人才，而车间里那个勤奋的小学徒还会时常闪现在他的梦里。

"妄想"做孔雀的乌鸦

　　很久很久以前，百鸟们和谐地生活在一片美丽的森林里。清晨，黄鹂鸟用清脆的歌声呼唤着一天的开始，其他的鸟儿们也都拍打着翅膀，开始一天的飞翔。有着纯黑色羽毛的乌鸦在百鸟中显得格外与众不同。可是，有一只高傲的小乌鸦，它非常瞧不起自己的同伴，觉得它们黑乎乎的，每天都过得很平庸，没有一点勇气追求新的生活。

　　有一天，这只高傲的小乌鸦又自顾自地飞来飞去寻找食物，可飞着飞着感觉口渴了，于是便在湖边停下来要去喝水。当它低下头正要喝水的时候，忽然发现湖里有一只美丽的大鸟，她有一身纤细光滑的羽毛，一双凤凰似的眼睛，还有着羽扇般的尾屏，看上去是那么的温柔娇美。乌鸦正看得出神，忽然身后传来一个甜美的声音："你好，乌鸦妹妹。"小乌鸦抬起头，转身一看，这不正是湖里那只美丽的大鸟吗？它用沙哑的声音问道："你是谁，竟然这么漂亮，你怎么认得我？"美丽的大鸟回答说："我是孔雀，你全身的羽毛都是发亮的黑色，森林里大概只有你们乌鸦是这样的。"小乌鸦瞪着眼睛羡慕地说道："是啊，我从出生起，身上的羽毛就全部都是黑色的，可是我一点都不喜欢。你看你多好啊，身上的羽毛是那么漂亮，颜色是那么亮丽，好像是用彩笔画上去的一样，我可以和你做朋友吗？"孔雀微笑着说："当然可以啊。"从那以后，小乌鸦跟同伴们在一起的时

间就更少了，它大多数时候都是和孔雀们在湖边那片鲜花盛开的草地上聊天玩耍。

　　渐渐地，小乌鸦越来越不想做自己了，它立志要做一只孔雀。于是，它开始搜集孔雀的羽毛。每当孔雀的羽毛脱落，小乌鸦都会跟在后面捡起来并小心地藏好。终于有一天，小乌鸦觉得羽毛收集得差不多了，便全部拿出来一根一根插在了自己身上，直到把自己打扮得五彩缤纷，与孔雀真的有点相似为止。然后，它走出家门，骄傲地挺着胸离开同伴，来到了孔雀当中。当孔雀们看到这位似像又不像自己的同伴时，竟然都哈哈大笑起来。其中小乌鸦的孔雀朋友走过来，对它说："你是从哪里来的，怎么以前没有见过你呀？"小乌鸦开心地大声说："你不认得我了吗？我是你的好朋友啊，我是不是和你一样漂亮啦？"孔雀吃惊地看着它说道："小乌鸦，你怎么变成了这样，真是丑死了，你看你，即使你插了那么多美丽的羽毛，可依然掩饰不了你那黑黑的底色。赶紧把彩色的羽毛拔下来吧！"小乌鸦听后有点生气，转身向湖边走去，湖面上的倒影像孔雀说的一样，原来自己这么丑。想着想着便伤心地哭了起来。这时，孔雀姐姐来到它的身边并安慰道："小乌鸦，别哭了，对不起，其实你很漂亮。"说着，便将小乌鸦身上的那些彩色漂亮的孔雀羽毛拔了下来。小乌鸦露出黑色的羽毛，在阳光的照耀下闪闪发光，看着湖面上的那个影子，小乌鸦发现原来自己这么漂亮。

　　从那以后，小乌鸦回到了同伴们身边，再也没有瞧不起大家，每天和同伴一起觅食，一起飞翔，过着高兴而快乐的生活。

一块黑面包

　　有一个小男孩，他家里很穷，从小学到初中，他的世界只有头顶上的那块天空和脚下这块似乎被遗忘的土地。十五岁之前，他从未走出过村庄，更没有见过城市是什么样子，所有关于外面世界的印象都是从外出打工的父亲那里听来的。男孩以为他的一生都会守着这片贫瘠的土地，永不会离开，可是一块黑面包却改变了他的一生。

　　那是一个下着小雨的早晨，天灰蒙蒙的。男孩早早起床，打开羊圈的门，想把小羊们放到山上，因为这时候的小草格外新鲜。可他刚走到羊圈外，就听见父亲的喊声，原来父亲今天要他和自己一起到县城去一趟。他们迎着淅淅沥沥的细雨走了两个小时的泥泞山路才来到离家最近的公共汽车站，然后又坐了三个小时的汽车才到县城。可能是第一次坐汽车的缘故，男孩竟然晕车呕吐了一路，肚子里翻江倒海的，难受了一上午。从车站出来，父亲拉着他走在县城的水泥马路上。男孩左顾右盼，眼睛都看花了，他从未见过那么高的房子，也从没有见过橱窗里那些美丽的琳琅满目的商品，这个世界对他来说，像是童话。

　　走着走着，正赶上县城小学的孩子们放学。父亲拉着他站在人行道边，男孩看着戴着红领巾穿着鲜艳校服的同龄人从身边走过，眼里流露出的是新鲜和羡慕。忽然，一股浓浓的奶香味飘到了男孩的鼻尖，他环顾一下四周，看到了马路对面的那间面包店。很多小学生拿着面包从里面出来，男孩出神地看着，情不自禁地咽了口口水。

父亲注意到了儿子的举动，径直带着他来到面包店前。站在门口，父亲犹豫了一下，摸了摸口袋，小心翼翼地掏出五角钱走了进去。过了一会，父亲拿着一块又黑又硬的面包出来了，男孩接过面包用手掰了一块放进了嘴里。"好香啊"小男孩幸福地对父亲说道。他从来没有吃过这么美味的东西，吃着黑面包，他觉得自己是世界上最幸福的人，可他不知道，这块面包被放在橱窗的最底层好几天都无人问津。和父亲进城的那一整天里，男孩都没有把那块黑面包吃完，他怕吃得太快自己忘记了那甜美的味道。

从县城回来的那天晚上，小男孩躺在床上，面包的香味仍旧在嘴边萦绕。他告诉自己，一定要好好学习，以后赚很多很多钱，让自己每天都能吃上这么香的面包。从那以后，男孩学习更加用功刻苦，他考上了县里最好的高中，然后上了一所著名的大学，最后成为了一个有着千万资产的富商。

在后来的日子里，他吃过的山珍佳肴数也数不清，可一直到老都固执地认为，第一次进城父亲买给他的那块黑面包是他一生中吃过的最美味的食物。当有人问道他今天的成功从何而来的时候，他会毫不犹豫地答道："是父亲用五角钱买来的那块黑面包。"

第三辑

没有坐着不动的收获

有勇气才能品尝到生活的橄榄

罗曼·罗兰说："痛苦就像一把犁，它一面犁破了你的心，一面掘开了生命的新起源。"人生原本就是先苦后甜，只有不畏惧生活的艰辛，才能尽享其甘甜鲜美的果实。有勇气才能品尝到生活的橄榄，有信心才能乘风破浪，驶向梦想的彼岸。

1924年10月15日，李·艾柯卡出生于美国宾夕法尼亚州。当年，他的父亲搭乘着移民船来到新大陆的时候，还只是个12岁的小鬼，经过一番打拼，艾柯卡的父亲不但在这片动荡的土地上生存了下来，还赚得了不菲的身家，这一切都是源于他自信乐观的心态。

父亲的一言一行都深深地影响着艾柯卡，每当他遇到困难的时候，父亲都会用力地拍拍他的肩膀，笑容爽朗地说："不要慌张，也不要急躁，你要大步地向前走，不要半途而废，因为太阳迟早是要冲破云层的！"

艾柯卡一生中经历过无数的挫折和磨难，每当他重重地摔在生活的"泥泞"里、再也支撑不下去的时候，脑海里就会浮现出父亲的教诲，一股莫名的力量就会油然而生，支撑着他勇敢地站起来，无畏艰难地走下去。

艾柯卡的父亲喜爱汽车，他有一辆福特T型车，这是福特汽车公司最早的产品，外形炫酷，性能优良，让父亲自豪无比。平日里，父亲虽然十

分爱惜这辆车，但是只要一有空，他就会带着小艾柯卡去兜风。父亲对于汽车的热爱也遗传给了艾柯卡，使他从事的终身事业也与汽车息息相关。

艾柯卡一家属于意大利移民，在美国是很不受欢迎的。备受歧视的艾柯卡为了争一口气，将所有的时间都花在了学习上。他的努力获得了回报，从小到大，艾柯卡都是班上最优秀的学生。高中毕业后，他如愿以偿地去了美国利哈伊大学念书，4年后，他得到了工程技术和商业学两个学士学位。后来，他又继续深造于普林斯顿大学，并成功地获得了硕士学位，在此之前，他还学过一段时间的心理学。

1946年，艾柯卡21岁，他带着简单的行李来到了底特律，成为福特公司一名普通的见习工程师。一开始，他还能耐住性子和那些死气沉沉的机器打交道，时间一久，他感到自己越来越忍受不了身边枯燥的一切。艾柯卡逐渐发现，自己真正羡慕的是那些销售部门的员工，他们虽然繁忙，却能够和不同的人打交道，这正是他梦想中的生活。

艾柯卡找到了宾夕法尼亚州的地区经理，诚恳地说明了来意，对方上上下下地打量着他，思索良久后，终于给了他一个机会。于是，艾柯卡转到了销售部门，当上了一名推销员。

推销员的工作并没有想象中的那么有趣、简单，反而充满了各种未知的挑战。尽管如此，艾柯卡依然没有后悔自己的决定。他一方面虚心地学习，不断向前辈们讨教着经验；一方面热衷于实践，竭尽全力地去做好每一件事，不久后，他的业绩便有了起色。

在完成了一笔大单子后，年轻的艾柯卡被破格提拔为宾夕尼亚州威尔克斯巴勒的地区经理，他的销售本领也越来越杰出。他越来越清楚地认识到：销售，是汽车行业的关键，想要在汽车这一行成就自己，就必须和销售商站在同一阵线。多年来，艾柯卡始终将这一点作为行事的第一准则，因此，他深受销售商的拥护。

销售这条路并不好走，失败总是与成功相伴相随。记得有一次，艾柯卡的销售业绩很糟糕，他很沮丧，一连好几天都闷闷不乐。福特公司东海岸的经理查理拍拍他的肩膀，说："这一行总会有人得最后一名，何必耿耿于怀？打起精神来吧，重要的不是过去，而是未来！"

看见艾柯卡若有所思的样子，查理朝他眨眨眼："可不要连续两个月都得最后一名哦！"艾柯卡深受鼓舞，为了改变现状，他筹划了好几天，终于想出了一个绝妙的推销策略：只要先付20%的货款，就可购买一辆1956年型的福特汽车，剩下的货款可以在三年内付清。

这个绝妙的推销政策吸引了大部分美国民众的目光，福特汽车的销量像火箭般急速蹿升。三个月后，艾柯卡的业绩从倒数第一名跃到了全国第一名。艾柯卡从此名声大振，公司对他也越来越重视。不久后，他便晋升到了华盛顿特区经理的位置。

4年后，36岁的艾柯卡担任了副总裁和福特分部的总经理职务，他的晋升速度让许多人都大跌眼镜。1970年，46岁的艾柯卡登上了福特汽车公司总裁的宝座，这对于他来说，无异于登上了人生的巅峰。这种盛况仅仅持续了几年时间，随后，艾柯卡遭遇了生命中最大的一次打击。

1978年，"功高震主"的艾柯卡被大老板亨利·福特二世无情地驱逐出了福特公司。仅仅一天的时间，艾柯卡便失去了为之奋斗了半生的事业，他几乎无法相信，厄运真的降临到了自己的头上。亨利·福特二世对艾柯卡的打击是前所未有的，为了铲除艾柯卡留在福特公司内的影响力，但凡喜欢、支持艾柯卡的人，他都会将其赶出福特公司，永不录用。

此时，艾柯卡已经54岁了，他不想退休，也不想改行，他唯一热爱的只有汽车行业，他发誓要在这一行东山再起，重塑辉煌。为了挑战自己，他接下了濒临破产的克莱斯勒汽车公司总经理一职，在双鬓斑白的年纪里重新出发。

克莱斯勒汽车公司财政混乱、现金枯竭，大量的汽车产品积压在库房里，根本卖不出去，已经连续三个季度亏损超过1.6亿美元。艾柯卡了解

到具体的情况后，不由得倒吸了一口气，但他知道，自己没有退缩的余地，只能咬牙坚持下去。

为了拯救克莱斯勒，他提出了"共同牺牲"的方针，在开源节流的同时，想尽一切办法去开发新产品，将生产制造放在第一位。1982年，克莱斯勒公司的"道奇400"敞篷车，一推到市场上就受到了热捧。1983年，克莱斯勒还清了所有的债务，走上了正轨。1986年，克莱斯勒公司成为了全美国首屈一指的汽车制造公司，艾柯卡也成为了美国人心目中力挽狂澜的英雄。

艾柯卡的起点是一名普通的推销员，他凭借着自己的努力奋斗，攀上了福特公司总经理的宝座，却又在人生最巅峰的时刻被命运无情地抛到了谷底。面临着人生巨大的挫折和打击，他非但没有垮掉，反而选择了奋起，在快要退休的年纪里，重新创造了生命的奇迹。他的成功秘诀无非就是勇敢，无非就是坚持，他知道，世界上没有免费的午餐，他深刻地懂得辛勤工作的价值！

勇于打破心中的神像

很久以前，有一个村庄里闹饥荒，村里最穷的那个人为了换一点口粮，将房子和宅基地卖给了村里的地主，自己却偷偷地住进了村尾破旧的寺庙里。寺庙的门窗破了无数个大窟窿，四处漏风，一到晚上，这个人只能躺在冰冷的门板上，抱着装粮食的破麻袋瑟瑟发抖。

寺庙的中央供奉着一尊神像，虽然结满了蜘蛛网，但看起来依旧宝相庄严。每到初一、十五，村民们便会结伴而来烧香祈福，穷人悄悄地躲在神像后面，看着虔诚的村民们，心里期盼着他们快点走，只因案头上的供品早已引得他馋涎欲滴。

等到村民们走远后，穷人蹑手蹑脚地从佛像身后走了出来，抓起案头上的果子就往嘴里塞。

他突然听到了某种奇怪的声音，连忙警惕地看了看四周，却毫无所获。他怀疑自己听错了，又埋头吃起果子来。几分钟后，那声音越来越大，穷人仔细地听了一会，惊讶地发现，声音是从神像那边传来的。

他小心翼翼地走近神像，呆呆问道："你是在和我说话吗？"

神像庄严肃穆地立在那里，穷人突然感到一种敬畏。他突然想到，难道是因为神像认为他的举动太过亵渎，才发声警示的吗？

穷人连忙扔掉手里的果子，忙不迭地跪拜在地上，诚惶诚恐地说道："小

人并非故意偷吃供品，只是小人腹中实在太过饥饿……"

神像毫无反应，穷人却越看那神像的表情越觉得惶恐。自此后，他比村子里任何一个人都虔诚地跪拜起神像来，只要一得了食物就毕恭毕敬地奉上案头，只留一小部分自己食用。供奉之前，穷人必然喃喃自语："请求神佛赐予我财富，保佑我发财，变成这个村子里最富的人……"

天越来越冷，穷人非但没有变得富裕，反而越来越瘦弱、憔悴。但他越来越相信好运会降临在他头上，对待佛像也就越来越虔诚。只因他发现，自己供奉在神像跟前的食物第二天就会不翼而飞，他在夜里睡觉的时候也经常会听到一些奇怪的声音。他心里很得意，觉得神像既然食用了他的供奉，就一定会帮助他实现心愿。

一天夜里，寒风呼啸，穷人冻得抱紧了身子，翻来覆去地睡不着觉。夜深人静的时候，他又听到了从佛像那儿传来的窸窸窣窣的奇怪的声音，要是在以前，他都会闭紧眼睛假装听不到，生怕亵渎了神灵，这会儿，他却生起了浓重的好奇心。

他悄悄地爬起来，蹑手蹑脚地走近佛像，还没反应过来，却突然瞥见一团黑黑的东西像离弦的箭一般蹿下案头，瞬间就消失得无影无踪。穷人张大了嘴巴，他看得分明，那是一只又肥又黑的大老鼠！

他摆在案头上的馒头已经被啃了一大半，穷人猛然醒悟，这么长时间以来，难道自己供奉的一直是一只大老鼠吗？！他越想越气，不由冲上案头，跳到佛像周围，四处查看，果然在神像脚下的一堆枯草里发现了一窝粉粉嫩嫩的小老鼠。他怒火中烧，抡起拳头向神像打去，只听"砰"的一声，神像的胸口破了一个大洞。

穷人又抡起一根结实的木棍，三下五除二地将神像打得稀巴烂，狠狠地发泄了一通。他喘着粗气，坐在一片狼藉中，突然感到一阵前所未有的失落。这么久以来，他心中一直执着地相信，神会保佑自己，正因这份信念，无论日子过得有多艰难，他始终没有放弃过希望。如今才发现，这一切原来都只是个笑话，他忍饥挨饿省下来的口粮竟养活了一窝老鼠……

穷人捏紧了拳头，他想：既然自己得不到神的眷顾，就一定要自己为自己创造幸福！他不能再懒惰下去了，也不能再等待下去了，既然没有人来帮助自己，就自己帮助自己走出泥淖！

第二天，穷人离开了村庄，驮着仅剩的一点粮食，历尽千辛万苦，终于来到了镇上。他应聘上了镇上富贵人家里的长工，从此后辛辛苦苦地干活，勤勤恳恳地做事，每日起早贪黑，一做就是三年。

三年后，他拿着辛苦攒到的钱在镇上支起了一个馄饨摊子，干起了小本营生。谁知道他的馄饨特别受欢迎，生意越做越红火，不到两年，他就用自己赚到的钱在镇里最繁华的地段买下了好几间店铺。他一边继续经营着老本行，一边涉足起了其他领域的生意。后来，这个人成了远近闻名的商人，每当他回忆起以前的生活时，就会庆幸自己当初的决定。如果他不曾打碎神像，恐怕如今的他，仍蜷缩在那个破旧的寺庙里，等待着上天的眷顾……

也许每个人心中都有一尊神像，我们小心翼翼地供奉着它，坚定不移地相信着它，却始终没有勇气将它打破。如果我们不能打破对心中神像的"迷信"，我们就永远无法将自己的命运牢牢地抓在手心里。当你陷入困境的时候，想要迎来生命中的柳暗花明，不妨鼓起勇气，将藏在心底的那尊神像彻底地打碎，再顽强地站起来，坚定地走下去。

自卑中走出的诺贝尔奖

1871 年 5 月 6 日，伴随着洪亮的哭声，一个叫作维克多·格林尼亚的小男孩来到了这个世界上。

他出生在法国瑟堡市一个颇有名望的造船厂业主之家，父母对他极为宠爱，无论他想要什么，哪怕再名贵、再稀奇，父母都会尽量满足他的愿望。每当他犯了错误，父母刚想对他批评教育一番，只要他将小嘴一噘，再摆出一副受伤的样子，父亲扬起的手掌不由得就放了下来，母亲则一把将他搂在怀里，又耐心地哄了起来。

由于家境优渥，再加上父母的娇惯溺爱，小小年纪的格林尼亚养成了一副唯我独尊的性格，心里没有一点"尊卑"的观念，更不知道"礼貌"是何物。暗地里，大家都称呼他为"那个没教养的有钱人家的小孩"。

到了上学的年纪，父母就将他送去了学校，还花钱为他请了好几位学识渊博的家庭教师，希望格林尼亚能够成为一个有学识、被人尊敬的人。格林尼亚不适应学校里的生活，课堂上他从不认真听讲，总是不停地捣乱，被老师批评后还振振有词，总是将老师气得无言以对。

他也很讨厌那几位家庭教师，放学后从不肯乖乖地按时回家，总要先在学校里闲逛一番。为了将家庭教师们统统赶走，格林尼亚变着法地捉弄他们，经常将他们弄得哭笑不得。格林尼亚整日里游手好闲、不学无术，性格也越来越乖戾，整个瑟堡市都知道这个纨绔子弟的名头。

父母对此忧心忡忡，却又不敢多加管教，外面的人就更不会轻易得罪他了。格林尼亚对此洋洋得意，还以为人人都高看他一等。

1892 年，格林尼亚已经是个 21 岁的年轻人了，他仍像小时候一样整日里东奔西逛、无所事事，一捧起书本就叫累。有一天，瑟堡市的富商名流们准备着要一起举办一场热闹的舞会，格林尼亚听说了这个消息后很高兴。他一向热衷于这类舞会，不仅可以随意挑选舞伴尽情狂舞，还能光明正大地喝个痛快。

到了那一天，格林尼亚果真玩得很开心，他像一只花蝴蝶一样穿行在人群间，一刻也安静不下来。突然，格林尼亚的目光被角落里的一位姑娘牢牢地吸引住了，她相貌端丽，身姿优雅，身上还有一股不凡的气质，这一切都让他深深地陶醉了。格林尼亚痴痴地看着那位姑娘，越看越觉得对方实在是太美了。他撇下舞伴，径直走向那位姑娘，微微一躬身，潇洒地一挥手，说道："如果您能够与我共舞一曲，那真是我的荣幸！"

姑娘看都没看他一眼，只是慢条斯理地整理着自己华丽的裙摆，格林尼亚愣了下，又是一躬身，提高音量道："小姐，我在邀请您与我共舞呢！"

姑娘抬起头瞥了他一眼，眼神是那样的冷漠，满带着轻蔑与不屑。格林尼亚有点羞恼，过去，他无论邀请谁跳舞，对方都是一副欢呼雀跃的样子，而这次他却在大庭广众之下结结实实地碰了个钉子。他上前一步，正想和姑娘理论一番，一位好朋友却走来附在他耳边说道："她是波多丽女伯爵，从巴黎而来……"

格林尼亚倒吸一口凉气，为了给自己一个台阶下，他忍气吞声地向波多丽女伯爵表达了歉意。波多丽女伯爵早就听说了格林尼亚的纨绔作风，对这个花花公子很是反感，她鄙夷地笑了笑，冷冷地说："阁下还是走开一点吧，我平生最讨厌被阁下这种不学无术的花花公子挡住视线！"

波多丽女伯爵的话让格林尼亚感到如雷轰顶，他无地自容地站在那里，

看着女伯爵那冷傲冰霜的面容，他又羞恼又惭愧，恨不得挖个地洞钻进去。

从此后，格林尼亚陷入了自卑的情绪中，他整日把自己关在房间里，一遍又一遍地回想着波多丽女伯爵的话，越来越觉得自己这么多年来活像个跳梁小丑。他检讨着自己过往的行为，那些骄傲自满、威风霸气被一扫而空，取而代之的是反悔，是醒悟，是改变的决心。格林尼亚再也不想错下去了，他发誓一定要做一个受人尊敬的人。

不久后，他悄悄地离开了家，只给家人留下了一封信："请不要来找我，等我做出一番成绩，我自然会回到家里……"

他来到了里昂，决定从头开始。一个叫作路易·波尔韦的教授被他的决心打动了，经常帮助他补习功课，教导他学习各种知识。凭着老教授的悉心辅导和格林尼亚的刻苦自学，格林尼亚终于补完了以往耽误的功课。他成功地进入了里昂大学，成为一名插班生。

格林尼亚学习刻苦认真，只因他深知读书的机会来之不易。一次偶然的机会，他得到了学校有机化学权威巴比尔教授的赏识。教授将他收至麾下，精心地指导他进行各种化学研究。功夫不负有心人，1901年，格林尼亚因成功地发现了格氏试剂而被授予了博士学位。此时的他，离开家门已经8年了。

1912年，瑞典皇家科学院鉴于格氏试剂对人类化学的重大影响力，决定授予格林尼亚诺贝尔化学奖的奖项。格林尼亚得知这个消息后，心情久久不能平静。他并不认为自己有资格获得诺贝尔化学奖，他认为比自己更配得上这个至高无上的荣誉的是自己的老师巴比尔。如果没有巴比尔教授的指导，他不会那么顺利地发现格氏试剂。为此，他向瑞典皇家科学院诺贝尔基金委员会上书，恳请院方将这个奖颁发给巴比尔教授。

格林尼亚的做法感动了所有人，在人们的眼里，此时的他不仅是一位硕果累累、学识渊博的学者，还是一位品行高尚、值得尊敬的人。

有一天，格林尼亚收到了波多丽女伯爵写给他的一封信，信中只有一句话："我永远敬爱您！"格林尼亚不禁热泪盈眶，当初他在女伯爵面前自惭形秽，那种自卑的情绪彻底点醒了他，让他明白，如果再这样"混"下去，他浪费的将是自己的人生。

人贵有自知之明，只有清楚地认识到了自身的缺陷与不足，你才会奋发向上，彻底地与过去的自己决裂；只有清楚地看到了自己的价值，才能将自卑化为动力，从失败走向成功。每一个伟大的人，几乎都有着类似的自我觉醒的轨迹。

没有坐着不动的收获

在一次大型促销会上，美国某著名企业的总裁发表了一场振奋人心的演讲后，突然神秘地说道："大家不妨站起身来，看看自己的椅子上有什么东西？"

大家面面相觑，愣了一会儿后，纷纷地站起身来，转头看向自己的座椅。不一会儿，会场上就响起了异样的欢呼声，原来所有人的座椅上都放着面额不等的纸币，从一美元到一百美元，应有尽有。总裁豪爽地一挥手："这些钱都归你们了！"

观众席上又传来了一阵阵欢呼，总裁却话音一转，问道："大家知道我为什么要这么做吗？"

没有人能够回答他的问题，良久，总裁才徐徐地说道："我只是想通过这样的方式告诉大家一个道理而已，那就是坐着不动的人永远没有收获，只有行动起来的人才能赢得未来！"

是啊，有的人终生都在奔跑，哪怕白发苍苍也会斗志昂扬地朝着自己的梦想奋进；有的人却早早地放弃了奋斗，在朝气蓬勃的时候活成了一个行将就木的老人。所谓一分耕耘一分收获，坐着不动的人永远也看不到未来，坚持不懈的人却能美丽终身。

1960 年的一个秋天，安娜·玛丽·摩西出生在纽约格林威治村的一个农场。她的父母一共生了十个孩子，安娜是其中最乖巧、最沉默的一位。为了补贴家用，她早早地离开了父母，去别人的农场打工。后来，安娜认识了一个淳朴的农场工人，他们相处得很好。27岁那年，玛丽嫁给了他，过起了平凡而又甜蜜的婚姻生活。

像母亲一样，安娜也生了十个孩子，她尽心尽力地照顾着孩子们，将他们一个个拉扯大，日复一日、年复一年地做着那些似乎永远也做不完的家务活。每天，她需要洗衣服、擦地板、挤牛奶、装蔬菜罐头，为一家人准备早中晚三餐，像个陀螺一样忙个不停。

偶有闲暇的时候，她喜欢刺绣，最爱将窗外那些璀璨美好的乡村景色化为她手中的一针一线，栩栩如生地展现在绣布上。绣着那些风景的时候，安娜的心中充满了柔软，她将所有的注意力投注到手中的活计上，心情既宁静又愉悦。

岁月流逝如水，转眼间，那个美丽朴素的姑娘变成了一位白发苍苍的老太太。那一年，安娜76岁，因为长久地操劳，她的手指已经变形，关节也高高凸起，严重的关节炎使她不得不放弃了刺绣。安娜整日里抚摸着过往的作品，心里充满了失落。

偶然有一天，她接触到了绘画，立刻被那些绚丽的色彩吸引去了所有的注意力。她沉浸在那些画作里，久久无法自拔。思索良久后，她做出了一个惊人的决定：她要开始学习绘画。周围很少有能够理解她的人，在大家眼里，这个快80岁的老太太实在是异想天开。面对那些非议，安娜选择了无视。

她买来了画布、画笔和颜料，开始行动起来。她精心地调匀了色彩，在画布上留下了颤巍巍的第一笔，而这一画就是二十多年。虽然她从未受过正规的艺术训练，却拥有着天生的鉴赏力，以及源源不断的热情和惊人的天赋。在二十多年的绘画生涯中，她一共留下了1600多幅作品，一开始，她只画一些临摹品，不久后，她开始了自己独特的创作。她喜欢画记忆中

的乡村景色，尤其擅长刻画风景民俗。她的作品中总是充斥着浓浓的怀旧色彩，温暖、美好而又细腻。

在安娜刚开始创作的时候，女儿将她的画带到了镇上的杂货铺里。一位艺术收藏家看到了这幅陈列在杂货店橱窗中的作品后大为惊叹，他立刻出钱买下了这幅画作，还打听到了画作创作者——安娜的所有事迹。他将安娜的作品带到了纽约，热情地向画商们讲述了安娜的故事，安娜从此在艺术界声名鹊起。

1940 年，80 岁的安娜在纽约举办了一场个人画展，立刻掀起了一场轰动。一时间，她成了艺术市场中最受欢迎的人，她的作品也赢得了很多奖项。那时候，世界正处于"冷战时期"，普通民众们普遍精神焦虑，安娜的作品以及她传奇的人生经历却如一管清新剂，驱散了积压在人们心头的阴霾，让他们备受鼓舞。

人们亲切地称呼她为"摩西奶奶"，她成为了美国最著名的、最多产的、原始派画家之一，亦成为"二战"前最受人喜爱的民间艺术家，尽管在那之前，她只是一名再普通不过的农村主妇。这位老人赢得了所有人的尊敬。

1960 年，摩西奶奶曾向一个叫作春水上行的日本人寄去了一张明信片。明信片上除了摩西奶奶亲手创作的一座谷仓外，还有她书写的一段话："做你喜欢做的事情吧，哪怕你已经 80 岁，只要行动起来，上帝依旧会高兴地帮你打开成功之门。"

这位叫作春水上行的日本人，从小就喜欢文学，一直想从事写作方面的工作。可是家人却不认同他的梦想，只想让他去做一份稳定的工作。大学毕业后，他服从了家人的意愿，进了一家医院工作，一直做到了快三十岁。春水上行越来越后悔自己当初的决定，他很纠结，不知道该不该从头开始。后来，他听说了摩西奶奶的故事，深受感动，便给她写了一封信，希望能够得到她的指点。

不久后，春水上行收到了摩西奶奶的回信，他将那封明信片看了又看，

终于决定，要重拾自己的梦想。数年后，他成为一名风格独特的作家，在全日本乃至全世界都很有名气。这位春水上行就是大名鼎鼎的渡边淳一。

无论你是一位从未经受过高等教育的家庭主妇或是一位白发苍苍的老人，还是一位纠结在琐碎生活中的普通人，都有权利去追求自己的梦想。坐着不动的人永远没有收获，只有勇敢地行动起来，你才能迎来人生中的春天。

石头汤的故事

山上的寺庙里住着三个小和尚，分别叫作阿福、阿禄、阿寿。有一天，师父将他们叫到身边，和颜悦色地告诉他们说："你们应该去下山历练一番，才能更懂佛法的奥秘，为师命你们即刻收拾行李，明天就出发。"

三个小和尚不约而同地摸了摸光溜溜的小脑袋，纷纷答应了。第二天天一亮，阿福、阿禄、阿寿就背着行李下山了。他们沐浴在温暖的阳光下，一边蹦蹦跳跳地向前赶着路，一边叽叽喳喳地议论起来。

阿福问道："上次师父问我们，一个人怎样才能得到快乐，我左思右想也没有答案，你们心里有更好的想法吗？"

阿禄："想要变得快乐，就得吃饱穿暖！终日为生活发愁的人是快乐不起来的。"

阿寿摇摇头："世界上能够吃饱穿暖的人太多了，也不见得人人都快乐……"

三人说着说着，眼前出现了一个村庄。他们摸着饥肠辘辘的肚子，准备去化点斋饭。村口坐着一个老太太，正摇着蒲扇，悠闲地看着远处的风景。三个小和尚走上前，躬身作揖，见老太太毫无反应，阿福指着不远处的一座高山道："施主，我们是那座山上寺庙里的小和尚，被师父遣下山来历练人间，如今腹中饥饿，特向您化取一些斋饭……"

谁知道阿福还没讲完，老太太便不耐烦地打断了他的话："一边去、一边去，我没空搭理你们！"

三个小和尚面面相觑，又向老太太作一长揖后，便从她身边走过，走进了村子。没多一会儿，迎面走来一位面善的妇人，阿福及时地叫住了她，跟她说明了来意，那妇人同样不耐烦地打断了他的话，忙不迭道："谁家有斋饭养活你们这些闲人？！赶紧从哪儿来就回哪儿去吧！"

三人大受打击，他们在村子里转悠了一整天，遇到了农人、茶商、教书先生、女裁缝还有木匠，却没有一个人愿意给他们提供斋饭，更没人愿意收留他们住宿，最后，精疲力竭的小和尚们躺在河边的草地上，一边摸着空瘪瘪的肚子，一边思考起办法来。

阿福叹了口气，道："你们有没有发现这个村子里的人脸上的表情都很麻木？他们不止是对我们这些外人，就连对同村人，眼神里也都充满了敌意，真的不知道是什么将他们变成了这副样子……"

阿禄也说道："他们看起来真的很不快乐，可是明明他们过得也很富足，并不缺衣少食啊？看来我之前的推论完全错了。"

阿寿抓起一根青草，放在嘴里咀嚼起来："我看他们一定是经历了什么难言之隐，才会变成这样！早就听师父说，山脚下的一个小村庄前几年经历了一场泥石流，一村子人差点被永远地掩埋在泥沙里，后来好不容易好一点了，外面又打起仗来，将这村子里的人折磨得生不如死……难道说这里就是师父口中的那个小山村？"

阿福若有所思地说道："我看很有可能，我们饿肚子是小事，倒是得想个办法让这村子的人彻底从过去的伤痛中解脱出来，不要带着痛苦的回忆去生活……"

三个小和尚说着说着，竟趴在草地上睡着了。

第二天，三个小和尚在村里最显眼的地方架起了捡来的破汤锅，汤锅里装满了清水，底下则堆满了树枝。三人生起了火，围着汤锅说笑起来。

不一会儿，锅里的水沸腾了，"咕噜噜"地冒出了很多气泡。

一个小姑娘怔怔地看着他们，好奇地问道："你们要干什么啊？"

阿福扭头冲着她笑了笑，开心地说："我们准备煮石头汤喝！"

小姑娘白了他一眼，鄙夷地说："别骗我了，石头怎么能煮汤喝呢？"

阿禄打开一个布袋，将布袋里洗得干干净净的鹅卵石一股脑倒进热水中，对小姑娘说："我不骗你，我们师兄弟三人最喜欢喝的就是石头汤。"

小姑娘将信将疑地看着他们，突然扭头跑远了。三个小和尚看着她离去的背影，不约而同地笑起来。

小姑娘跑回了家，将这件事情告诉了妈妈，不一会儿，全村都知道了那三个小和尚正在煮石头汤。只一炷香的功夫，村民们便都聚集了起来，看着小和尚奇怪的举动，眼里充满了好奇。

教书先生嘲笑道："你们的石头汤煮好了没有？"

阿福看着汤锅里的石头，回应道："还没呢！石头太坚硬了，得多煮一会，才能将它的香味熬出来！"

教书先生怒斥道："够了，你们当我们是白痴吗？哪有人会真的去吃石头？"

阿寿装作无辜的样子，咂咂嘴道："你们也知道，出家人不食荤腥，我们在山上经常煮石头汤解馋，那可是人间美味呢！而且我们有独特的秘方，喝过我们石头汤的人都说它简直妙极了！"

听着阿寿的话，小姑娘羡慕起来："那你们煮好后，能分我一碗尝尝吗？"

"当然可以！"阿寿不假思索地回答道，又为难地说道："可是我们没有蘑菇，要是能够放一点蘑菇进去，一定更鲜美，要知道石头汤配蘑菇，可是比老母鸡汤还要好喝呢。"

小姑娘拍手道："不用担心，我们家有蘑菇，我这就去给你们拿！"

说着，小姑娘蹦蹦跳跳地跑回了家，取了蘑菇后又一溜烟跑了回来。

阿寿笑眯眯地接过小姑娘递过来的蘑菇，将它放入锅中，不一会儿，竟真的冒出了一点奇异的香气。

周围的村民们嗅着鼻子，纷纷问道："请问你们煮好石头汤后，能给我们也尝尝吗？"

阿福点点头，说："当然，我们很乐意，只是我们走得匆忙，很多材料都没有带，青菜，花菜，菠菜，豆芽，茼蒿，海带，豆腐，葱花……"

阿福每说一样，就会有村民高高举起手说："这个我家有，我去拿！"

不一会儿，村民们真的拿来了各种各样的食材，三个小和尚将它们一一放入锅中，周围的香气变得越来越浓郁，教书先生面上的神色渐渐地缓和了下来，还没来得及吃饭的他悄悄地咽了口唾沫。

阿福摸了摸光溜溜的圆脑袋，自言自语道："万事俱备只欠东风，现在就差点盐了……"

教书先生情不自禁地回应道："我们家有盐！"

话一说出口，他的脸就红了起来。阿福向他鞠了一躬，笑眯眯地说："劳烦先生了。"

等教书先生从家里取来的盐一下锅，三个小和尚便拍这手道："大功告成！"

大家手里捧着碗，有秩序地排起队来，最后人人都分到了大半碗汤，他们有的狼吞虎咽，一口喝干，有的眯着眼睛，细细品尝，所有人都喝得面目红润，眉开眼笑。大家一致认为，这是他们喝过的最好喝的汤！

教书先生说道："小和尚，将你们制作石头汤的秘方告诉我吧，我可以花钱买！"

三个小和尚对视一眼，摇摇头，异口同声道："我们不卖，但是我们可以送给你们。"

村民们都疑惑起来。阿福收敛了笑容，严肃道："石头汤的秘方叫作分享，而这也是快乐的秘诀。其实你们喝的只是普通的蔬菜汤，并无特别

之处。你们之所以觉得好喝，是因为这汤里多了很多人情味。"

阿福继续说道："你们回想一下，你们已经有多久没在一起真诚地交谈、吃饭了？你们已经有多久没有发自内心的欢笑过了？受了伤害的你们为了保护自己，将真心隐藏，以尖刺示人，这才变得越来越不快乐，想要重新快乐起来，就请重新敞开心胸，拥抱明天吧！"

这个世界上的很多人，在经受了命运无情的嘲笑与打击后变得封闭，变得自私，这只是他们保护自己的手段而已。殊不知，如果想要打败厄运、想要重新得到快乐，就得勇敢地走出阴影，真诚地面对自己，真诚地对待他人，坦然地接受所有坏的结果，却永不放弃、永不屈服。

碧凤蝶的繁衍

　　碧凤蝶是一种很美丽的蝴蝶，它翩跹在城乡边缘，甚至人声鼎沸的闹市中，从不吝啬于向世人展示它独特的魅力。对于碧凤蝶来说，它破茧成蝶的过程艰辛无比，甚至带着某种悲壮的意味。

　　碧凤蝶喜欢将卵产在竹枝上，当大片大片的卵变成蛹后，竹叶便成了蝶蛹最喜欢的食物。然而，蝶蛹会立刻成为棕头鸦雀的目标，这种红棕色的小鸟成群结队地飞往竹枝间，伺机而动，将肥嫩的蝶蛹变成果腹之物。

　　奇怪的是，碧凤蝶的数量并没有因此而减少，反而有越来越多的趋势。那是因为永远有一部分蝶蛹不甘安逸，它们为了规避风险，不惜离开栖息地，一路艰苦跋涉，向着目标前进。它们想要迁徙到刺槐树上，尽管那里环境艰苦、资源贫瘠、"缺衣少食"。

　　在这个过程中，蝶蛹娇嫩的身体可能会被刺槐树上的尖刺戳破、可能会遭到剧烈的撞击而受伤、可能要忍受漫长的饥渴，但只要能够承受住这一切，它们终究会等来绽放美丽的机会。

　　反观留在竹叶上的那些蝶蛹，它们贪图眼前的安稳，畏惧同伴们那段艰辛折磨的旅程，甘愿留在安逸美好却又危险重重的栖息地，不断地麻痹自己、欺骗自己。它们情愿相信厄运不会降临到自己的头上，一边祈祷，一边得过且过，丝毫没有意识到危险已经逐步来临……

　　这个世界上永远有两种人，前者贪图安逸，局限在自我的"舒适圈"中不可自拔；后者勇于脱离"舒适圈"，勇于接受人生的拷打和命运的洗礼，逐步成就了越来越强大的自己。

　　万宝宝出生于一个显赫的家庭，受尽万千宠爱。性格直爽的她，在16岁那年毅然抛弃了这种令无数人羡慕的生活，提着箱子只身去了大洋彼岸的美国。那时候的她，完全不懂英文，也不知道如何与人相处，甚至不晓得怎样去打理自己的生活。最辛苦的时候，她不是没有动摇过，那时候的她夜夜蜷缩在被窝里，无声地哭泣。然而一觉醒来，她又元气满满，为镜子里的自己加油打气。

　　前路艰辛渺茫，尽管放弃的念头会时不时地涌现出来，她依旧咬牙坚持了下来。既然这条路是自己选择的，就算将牙根咬碎，她也得走下去。

　　在陌生的美国，她是个一文不名的普通女孩，一切都要从头开始。因为不善交际，美国人欺负她，连一些亚洲同胞们也会故意孤立她，孤独如影随形。她发誓一定要让自己在这里生存下来，她努力攻克语言关、积极与人交流，学习着一切生活中必备的常识和技能，她不断地挖掘着自身的优势，努力向人们展示着属于自己的光芒与魅力。

　　很快，万宝宝的努力得到了回报。度过了最初那段艰苦的岁月后，她真的在异乡的土地上扎下了根来，且越来越如鱼得水，游刃有余。万宝宝对法国文学很感兴趣，研究颇深，她之后又去巴黎进修法文。她爱好广泛，既精通摄影又热衷时尚，同时还能够说一口流利的普通话、粤语、英语和法语。人们对这个神秘而又美丽的东方女孩的兴趣越来越浓。

　　2003年，19岁的万宝宝参加了在巴黎协和广场的克利翁饭店举办的"社交名媛成年舞会"，她与不同国家的公主们、政商文艺名人们相谈甚欢。她是第一个参加"克利翁国际名媛俱乐部"的中国女孩，在这种社交场合，她时刻谨记：自己代表的是自己的祖国和自己的家族，她表现得落落大方、光彩夺目，给所有人都留下了深刻的印象。

　　后来，万宝宝移居香港，修读 GIA 珠宝鉴定课程，她逐渐意识到：自己在珠宝设计上有着独特的天赋。经过一番打拼，她在九龙尖沙咀拥有了自己的高级珠宝首饰品牌店，无论是千金名媛，还是影视巨星，都很喜欢她设计的珠宝。作为珠宝设计师和时尚名人，她的名声越来越响亮。

　　如今的万宝宝，完全脱离了父辈的影响，自由地生存在自己一手创建的生活圈中，活得多姿多彩，丰富无比，俨然一代女神。万宝宝蜕变成女神的过程，就像是蝴蝶破茧成蝶的过程。只有抛弃原有的安逸生活，努力去打造出属于自己的美丽，才能活出属于自己的精彩。

　　愿每个人都能如碧凤蝶的蛹一般，无视鲜美多汁的竹叶，不惧刺槐树上的刺，"千锤百炼"、破茧成蝶，自由地翩跹在人世间。

游向高原的鱼

流水从高原奔涌而下，由西向东，源源不断。鱼群们混杂在一起，大片大片地随着水流，向下游涌去，经过渤海口的时候，却迎面撞上一条小鱼，它正艰难地循着相反的方向，向上游游去。

鱼群里的一只小鱼感到奇怪，它向那条逆流而上的鱼喊道："嗨，哥们，你游错方向了！"

那条鱼一边奋力地向前游动着，一边艰难地回应道："不，那正是我要去的方向！"

鱼群里爆发出一阵笑声，大大小小的鱼都在嘲笑那条鱼的举动太诡异、太傻。逆流而上的那条鱼分外固执，它狠狠地白了那些鱼一眼，趁着水流速度减缓，猛地冲过浅滩，它精湛的游技迎来了一片喝彩。

逆流而上的鱼告别了鱼群，孤独地前进着。遇到激流的时候，它只能拼命地将自己稳定在原地，防止激流冲走自己的身体。只要水势稍微缓和下来，它就会瞄准时机猛地向前跃进一大段距离。最可怕的是湖泊中的渔网，还有头顶追逐的水鸟，稍不留意，它就有可能送掉自己的命。

它不停地游着，穿越过惊险曲折的壶口瀑布，穿越过激流奔涌的青铜峡谷，跳过山涧，挤过石缝，历尽千辛万苦，最后终于跃上了高原。那一刻，它呼吸着高原上新鲜的空气，感受着溢满了胸腔的快乐和欣喜，刚想开口欢呼，却在那一瞬间被冻成了冰……

很多年以后，一群登山者在唐古拉山的冰块中刨出了这条鱼，它甚至还保持着游动的姿势。

年轻的登山者惊呼道："这不是渤海口的鱼吗？渤海口到高原之间的距离漫长无比，真想不到它居然逆行了这么久，这条鱼真的很勇敢！"

年岁稍大的登山者叹了一口气，说："这条鱼真的很勇敢，可是它却选择了一条错误的道路。如果在出发之前，它能够认真仔细地审视自己的方向，一定能够改变结局。它这么固执，最终迎来的只能是死亡。"

王安出生在上海，后成为上海交通大学的学生。1940年，王安从交大电机工程专业毕业，五年后赴美留学，并于1948年获得哈佛大学的应用物理学博士学位。后来他成了著名的美籍华人科学家、发明家和企业家。

王安的一生跌宕起伏，曲折无比。他仿佛就是那条逆流而上的鱼，目标明确、勇敢聪明，从不畏惧艰难与困苦，同时，他又是那么倔强固执，但凡认定的事情绝不轻易地改变心意。

王安的一生曾辉煌无比，也曾失败透顶，这一切都与他的性格，他的选择分不开。王安在哈佛大学获得博士学位后不久，便加入了霍华德·艾肯的"哈佛计算机实验室"，集中精力攻克"马克IV型"电脑的研制。一段时间后，他发明的"磁芯记忆体"使得电脑的储存能力大大提升，极大地改变了整个计算机产业。

1951年，王安怀揣着600美元的积蓄，离开了哈佛大学，创办了一家电脑公司。他将公司命名为"王安实验室"，雄心勃勃，想要大展一番拳脚。为了筹集创业资金，他将"磁芯记忆体"的专利以50万美元卖给了国际商用机器公司，随后便将这笔钱一股脑地投入到了电脑事业中。

1964年，王安的公司推出了用电晶体制造的桌上电脑，一举打开了市场，就此开启了辉煌的历程。此后的20年，王安带领着全公司的员工，将所有的精力都投注到了新技术的研发中，时不时地就会推出拥有先进技

术的新兴产品，事业如"爆竹花开"，愈发蒸蒸日上起来。

1972 年，王安的公司成功地研制出半导体的文字处理机，不到两年，又神速地推出了更先进新颖的二代产品，迅速占领了美国绝大部分的办公室，成为最受欢迎的办公用品。此时的王安，时刻走在时代的前列。

对于当时的王安来说，最大的敌人是行业霸主 IBM 公司。为了打败对手，他选择急速扩张业务，结果公司无法承受这么大的压力，最终发展到只能靠借债度日。后来，公司不得不用股票发行的方式来偿还债务，谁知道这个无心的举措竟一举拯救了公司。

王安的公司一直保持着良好的业绩，在大众那里积累了大量的好口碑，公司股票发行后，立刻高速猛涨，收盘股价竟然飙升至 40.5 万美元，才不过短短一天，王安家族就变成了震惊全美的超级富豪。1986 年前后，王安公司的年收入直逼 30 亿美元，而王安本人也成为美国公认的十大富豪之一。

王安无疑是固执的，只要认准了一条道路，他会一条路走到黑。他的儿子王烈亦继承了同样的性格。20 世纪 80 年代末期，王安的公司由于一连串的失误，陷入了困境中，但王安父子一再对外强调，他们的年收入高达 30 亿美元，绝不可能轻易垮台。

那时候的王安，故步自封，刚愎自用，他固执地任用大儿子王烈接替总裁职位，固执地坚持老一套的生产线，这一系列原因使得他的公司逐渐失去了在电脑行业中的领先地位，一步步地走向了衰落。

实际上，1992 年，王安公司的年盈利便已降至 19 亿美元，市场价值也一跌再跌。王安的公司深陷债务危机，以往热情的投资者们在这时候都唯恐避之不及。眼见亲手创建的商业帝国即将轰然倒塌，王安心里充满了痛苦，就在这生死存亡之际，他又做出了另一个错误的决定。

王安很想亲自力挽狂澜，但他罹患绝症的身体已经不允许他这么做。万般无奈之下，他命令大儿子王烈从公司辞职，高薪聘请经营专家爱德华·米勒接任总裁之位。王安对米勒十分信任，简直将对方当成了救世主。

米勒一上任，迅速地为公司缓解了致命的财务危机，这让王安十分满意，但他没有考虑到的是，米勒对于电脑这一高科技的新兴产业来说，根本就是一个什么也不懂的门外汉。他无法像王安那样，带领着员工去攻克新技术，也不能合理计划公司新产品的研制进度。王安公司的竞争力正在逐步丧失，它被世界潮流狠狠甩下了。

米勒对于形势盲目乐观，他的决策使得王安的公司一次又一次地失去了重振雄风的机会。公司的经营彻底走到了尽头，爱德华·米勒最终为王安的公司申请了破产保护。1990年，王安在医院中落寞地去世，享年70岁。

比尔·盖茨曾经说过，如果王安顺利地挽救了自己的事业，微软公司也许就不会出现在这个世界上，他比尔·盖茨也只能成为某个地方的数学家，抑或是律师，根本没有机会取得今天的成就。

立志游向高原的鱼，它聪明、坚韧，同时拥有高超的游泳技巧，却因固执，因盲目，因着错误的判断，一步步跃进死亡的结局。有一类人也是这样，天赐英才，同时又拥有着非凡的意志，曾经创造过辉煌，却一步步走向衰落颓败的命运。

在人生的任何时刻，都要保持清醒的意志和豁达的心胸，永远不要盲目地相信自己，永远不要过分地固执。做每一个决定之前，都要小心翼翼地思索求证，确定无误后，再坚定不移地走下去，这才是对待人生该有的谨慎的态度。

柏波罗和布鲁诺

1801 年，意大利的一个小村庄里住着一对堂兄弟，一个叫作柏波罗，一个叫作布鲁诺，他们都不甘心在偏僻的小村庄里庸庸碌碌地过一生，渴望着有出人头地的一天。

柏波罗和布鲁诺从小就喜欢在一起玩耍，整日里形影不离。对于未来，他们有着类似的憧憬。他们只要聚在一起，就会没完没了地讨论如何才能让自己变成村子里财富最多、声望最高的人。他们一致认为，自己勤奋努力，头脑又灵活聪明，迟早有一天，幻想中的一切会变成现实。

有一天，村长找到了这对堂兄弟，对他们说，如果他们每天都能够将村外河里的水运到村广场的蓄水池里去，以供村民们饮用，那么他们每天都能够获得不菲的报酬。柏波罗和布鲁诺很开心，觉得挣钱的机会到了。两个人不约而同地抓起水桶，气喘吁吁地跑到河边，还没来得及歇上一会儿便开始了辛勤的工作。

他们整整运了一天河水，才将村广场的蓄水池灌满。村长审视着他们的杰作，满意地点点头，掏出钱包，付给了他们足够的报酬。

布鲁诺将钱紧紧握在掌心里，开心极了："如今我们终于能够凭自己的力量去挣钱了，我们实现了梦想！"

柏波罗皱起了眉头，他一边揉着酸疼的肩膀一边说道："难道我们每

天都要做这种体力活吗？难道我们只能靠出卖力气挣钱吗？我觉得我们可以想想其他的办法……"

布鲁诺开玩笑般地捶了他一拳，笑道："得了吧，我觉得我们的运气已经足够好了，多少人想要做我们的工作还没这个机会呢！"

柏波罗看着掌心磨起的水泡，心事重重地叹了口气。当天夜里，他躺在床上翻来覆去，怎么都睡不着。望着窗外的月亮，他突然想到了一个好办法。第二天早上，柏波罗很早就起了床，他一看到布鲁诺就兴高采烈地说："布鲁诺，我想出了一个好办法！如果每天都需要这样来回提水的话，还不如直接修一条管道，将河里的水引到村里去！"

布鲁诺却嚷嚷起来："我们提一桶水，村长就会给我们 1 分钱，如果努力的话，我们差不多一天可以提 100 桶水，这样就是 1 元钱！天哪，柏波罗，你去哪找一天能挣 1 元钱的工作？只要攒一个星期，我就可以买一双新鞋；攒一个月，我们就可以买一头牛；攒半年，我们就可以盖起一间宽大敞亮的新屋……我们简直拥有了全镇最好的工作，只要勤勤恳恳地干一辈子，迟早会变成一个富人！这不是你梦寐以求的吗？！"

柏波罗迟疑地说："可是，一旦建起一条管道……"

布鲁诺打断他的话："这只是一种不切实际的幻想，你永远也不可能实现的！还是老老实实干活吧！"

说着，布鲁诺提着水桶走远了，柏波罗看着他的背影，暗暗地捏紧了拳头，既然好兄弟不同意自己的计划，他就一个人去做，他相信，只要努力，迟早能建成一条梦想中的管道！

柏波罗将自己的时间一分为二，小部分用来提桶运水，大部分却用来修建管道。当地土质坚硬，想要在岩石般坚硬的土壤中挖出一条管道是一件很不容易的事情，尽管困难重重，柏波罗却没有气馁，他一边研究着路线，一边准备着挖掘管道所需的工具。

自从柏波罗将大部分的时间投入到管道的修建上来后，收入陡然下降，

他心里很清楚，想要成功地挖通这条管道，最起码需要耗费一两年的时间。他已经做了好长期吃苦的准备了。

白天，他一声不吭地完成规定的提水数量后，不顾布鲁诺的阻拦，专心致志地挖起了管道。村民们看到柏波罗异常的举动，不由纷纷嘲笑起他来，久而久之，布鲁诺也加入了这股嘲笑大军中。村子里的顽童一边朝柏波罗身上扔小石块，一边讥笑他是"管道建造者柏波罗"。只是，不管村里的人闹得多厉害，柏波罗也不会轻易放下手中的活计，他一心扑到了这份"事业"中。

半年后，布鲁诺牵着自己刚买的小毛驴，得意洋洋地走过柏波罗的身旁，冲着柏波罗笑道："嗨，老兄，看到没，这是我刚买的宠物！"

柏波罗抬起头，擦了一下额上的汗珠，微笑着回应道："它很漂亮，祝贺你，布鲁诺！"

布鲁诺的眼神里充满了嘲讽："柏波罗，我看你的管道永远也不可能修建成功，还不如和我一样老老实实地工作呢！"

柏波罗耸耸肩："不，我始终相信我一定能够完成我的梦想。"

布鲁诺不解地摇摇头，赶着小毛驴走远了。不久，他盖起了新房子，经常穿戴一新地出现在酒吧里，掏钱请大家喝酒。村民们对他另眼相待，尊敬地称为他为布鲁诺先生，无论他说什么话都高声叫好。

布鲁诺越来越懂得享受，他买了新吊床，每逢周末就睡在吊床上晒太阳。柏波罗却不一样，他日复一日地挖着他的管道，丝毫不敢懈怠。为了加快进度，他经常工作到深夜，周末的时候也不会轻易停工。哪怕偶感风寒，他还是会拖着疲累的身体，继续奋斗在第一线。

他挥动着铁铲，每前进一英寸，便会在心里暗暗鼓舞自己。就这样，他一英寸一英寸地朝前努力着，将1英寸逐渐变成一英尺，一英尺又变成20英尺，20英尺慢慢变成100英尺……完工的日期越来越近。

与此同时，布鲁诺却变得越来越颓废，生活一成不变，他每天眼睛一睁开就得面对繁重而又枯燥的工作。为了减轻烦闷的工作带来的痛苦，他开始酗起酒来。某一天，他发现自己的背驼得越来越厉害了，身体也大不如从前的时候了，不禁气恼地摔碎了酒瓶子。然而，他并没能成功戒酒，反而喝得更凶了。

他的步伐越来越慢，每天提水的数量也越来越少。随着报酬的减少，布鲁诺再也无法请村民们喝酒了。酒吧的老顾客们不禁在背后窃窃私语："提桶人布鲁诺驼背的样子真是可笑……"

不久后，柏波罗的管道终于完工了，他目不转睛地看着清澈的河水从管道中喷涌而出，涌进水槽，不禁欣喜若狂。村民们好奇地拥了上来，啧啧称赞着眼前的奇迹，一个个竖着大拇指夸赞起柏波罗来。由于村子里再也不缺新鲜水源，附近村子里的人纷纷搬到这个村子，整个村子变得越来越繁荣了。

靠着这条管道，柏波罗得到了一大笔钱，他利用这笔钱做起了生意，不出几年就变成了全村最富裕的人，而堂兄布鲁若却彻底变成了一个酒鬼，还得靠着柏波罗的接济才能生活下去……

得过且过、甘于现状的人，迟早会被生活远远地抛在身后，只有那些不畏艰难、敢想敢做的人才有机会过上自己想要的人生。

断箭

春秋战国时期，一对父子携手出征，奋勇杀敌。父亲驰骋沙场十几年了，是个远近闻名的大将军；第一次上战场的儿子却还只是个马前卒。战场上硝烟四起，刀剑无情，危险重重，将军偶然看见瘫伏在马前、惊吓得脸色发白的儿子，不禁深深地皱起了眉头。

当天夜里，将军将儿子叫到了身边，双手郑重地捧起一个箭囊，严肃地对儿子说："这箭囊里装的是祖传宝箭，当年你爷爷将它赐予我的时候，曾说，这箭有一股神秘的力量，只要将它佩带在身边，在战场上就能所向披靡。如今，我将这宝箭传授于你，你一定要好好收藏。有这宝箭伴着你上战场，建功立业指日可待！"

儿子又惊又喜，父亲一直是他心里最崇拜的偶像，这会儿，他却不免在心里暗暗地想："难道是因为有这宝箭的庇佑，父亲才能创下那累累战功吗？如今这宝箭归了我，我又有什么好怕的呢？我迟早也能像父亲一样，成为一人之下、万人之上的大将军！"

他正胡思乱想，却听父亲疾声厉色道："只是有一点你需谨记，你万万不可打开箭囊，将宝箭抽出，一旦宝箭见光，必然会失去其魔力！"

见儿子郑重地点了头，父亲才将那箭囊交给他，拍拍他的肩膀，语重心长道："如今，你有了宝箭的护持，在战场上尽可拼命杀敌，不用再瞻前顾后了！"

儿子捧着手里的箭囊，无比惊喜。他反复抚摸着箭囊上幽幽泛光的铜扣，心里充满了好奇。他几度欲点开灯，抽出箭囊里的宝箭看个究竟，一想到父亲的叮嘱，满腔的热血便冷却了下来，儿子最终按捺住了心中的渴望，抱着箭囊沉沉地睡去。

第二天，尖锐的号角声叫醒了所有的士兵，接着就是一阵战鼓雷鸣，这预示着战斗又一次打响了。儿子将那箭囊佩戴在腰间，提起长矛雄赳赳气昂昂地奔上了战场。他第一次无所畏惧地奔走于敌人的包围圈中，持着长矛和盾牌左突右击，奋勇异常。

眼见着一个凶悍的敌人持着利刃扑了过来，若在以往，儿子估计早已吓得瘫软在了地上，此时却有恃无恐地迎上前去，与对方厮杀起来。敌人身材高大，四肢强壮，力气尤其大，儿子逐渐支撑不住，差点被对方一拳击中脑袋。他再一次畏惧了起来，刚想求饶，手却突然触到了腰间的箭囊，一股莫名的自信充盈在他心间，他似乎真的感受到了来自宝箭的神秘的力量。

儿子利用个子矮小、身体灵活的优势，突然跳到敌人的身后，提起长矛狠狠地向对方小腿上刺去，敌人尖叫了起来，高大的身体也摇摇欲坠起来，儿子乘胜追击，三下五除二就将对方击倒在了地上……

儿子在这场战斗里大放异彩，战役结束后，将军对他的表现很满意，鼓励他要继续保持这种奋勇杀敌的势头。接下来的战役里，儿子越战越勇，成为了沙场上最亮眼的士兵。然而，在某一次战役结束后，当鸣金收兵的号角吹响的时候，儿子想起一直佩戴在腰间的箭囊，心里冒出了一个大胆的念头。

他实在是太想知道这个一直赐予他神奇力量的宝箭究竟是什么模样，他在心里告诉自己："只看一眼，我只看一眼就行……"他将心一横，取下腰间箭囊，解开缠绕在铜扣间的麻绳，"呼"的一声抽出宝箭，迫不及

待地举在眼前。

让他大吃一惊的是，他拿在手里的居然是一支平平无奇的断箭。

"断箭，我一直佩戴在腰间的居然是一支断箭？"儿子喃喃自语，脸色瞬间变得苍白。他一直笃信的一切轰然倒塌，心里只觉得一阵一阵地发虚，连腿也哆嗦起来，站都站不稳。

他们很快就迎来了下一次战役，儿子身上的勇气消失得无影无踪，以往的懦弱、畏惧又重新回到了他的身上，他甚至不敢去看眼前那一幕幕残酷的景象。他躲在人群间，畏畏缩缩地像丢了魂一般，丝毫没有注意到一支箭正瞄准了自己的脑袋破空而来……

正在他发呆的时候，只听"啵"的一声，一支箭飞了出去，儿子怔怔地看着落在地上的箭，额上不禁沁满了汗珠。

他抬起头，却看见父亲怒气冲冲的脸，"你在干什么！你明不明白这是在战场！你刚刚差点没命你可知道！"

原来是父亲用长矛击打下了那支射向他的长箭，替他捡回了一条性命。他看着父亲，差点哭出声来："您何苦要骗我？原来那箭囊里装的一直是一支断箭，您却骗我是家传的宝箭……"

父亲脸色沉凝："不错，装在那箭囊里的从头到尾都是一柄断箭，我之所以要骗你，是希望用那支箭赐予你信心与勇气！这个世界上从来就没有什么魔力，你能够相信的只能是你自己！"

儿子不解地看着父亲，双眼通红。

"你若是相信自己，就坚强地站起来，继续杀敌！你若是不信自己，就坐在这里等死吧！"

父亲决绝地丢下那几句话，便转身离去，跨身上马，勇敢地冲进敌阵中。儿子犹豫了几秒钟，突然深呼一口气，弯腰捡起了地上的长矛，坚定地向前冲去……

几年后，父亲光荣地战死沙场，儿子成了新晋将军，人人都赞他心无畏惧，自信昂扬，是当之无愧的战神。

　　心存希望才不会迷茫，心存自信才会光芒万丈。人永远要相信自己，怀揣着这种自信心，我们将受益一生。

人与命运的搏斗

人真的有命运吗？

有人说："当然，不管是生老病死，富贵贫贱、荣辱兴衰，抑或是穷通寿夭都是有命数的。"也有人反驳道："那青蛙变王子是怎么回事呢？麻雀飞上枝头成了凤凰又是怎么回事呢？"明代著名的思想家袁了凡却说："与其算命，不如奋斗。"

袁了凡少年的时候，是一位行脚医生。有一天，他遇见了一位鹤发童颜、"通晓命运"的世外高人。这位世外高人的一番话，彻底改变了他前半生的命运。若干年后，他又遇到了一位仙风道骨的云谷禅师，而这位云谷禅师的一番话，又彻底地改变了他后半生的命运。这究竟是怎么回事呢？且听细细道来。

那一年，袁了凡还是个青涩孤僻的少年，因幼年丧父无所倚仗，为了生存，母亲劝他行医。当了行脚医生后，袁了凡上山采药，路过慈云寺，却被一位老先生拦住了去路。那位老先生笑吟吟地看着袁了凡，出口道："这位少年人为何大路不走，偏走小道？"

袁了凡莫名其妙地看着这位老先生，一头雾水："老先生何解？"

老先生笑着说："据老夫算来，你本是个当官的主儿，明年就能考秀才，为何偏去行了医？"

袁了凡眼前一亮："老先生此话当真？"

"少年人若不信，自去验证便是……"老先生说完，神秘一笑。

袁了凡虽是将信将疑，只是他一直不甘心做个行脚医生度此一生，他决定一试。此后，他便弃医从文，苦学不绝。第二年科举，他果然中了秀才。袁了凡欣喜异常，自觉遇到了位活神仙。他将老先生请到家中，毕恭毕敬地请教老先生，他一生命运如何。孔老先生闭眼一算，徐徐地对他说，往后他会中贡生、当县长、只是命中无子，与长寿无缘，只能活 53 年。

袁了凡将孔老先生的话记在了心里。神奇的是，他这半生命运都一一契合了那位老先生的预言，分毫不差。经此一事，袁了凡索性看透了命运。原来一个人的一生从出生便已经注定，再折腾也无用，又何必费心？还不如将那些烦心事都放一边，好好享受这一生才是。从此，看透红尘的他，游山玩水，恣意放浪，不思进取，更不行正事。

直到有一年他在栖霞山遇到了那位云谷禅师，才彻底改变了心态。云谷禅师一见到袁了凡便大吃一惊，问道："自见你第一面起，我便不曾见你起动妄念，这是什么缘故呢？"袁了凡一见这位禅师便觉十分亲切，不由自主便将前半生的经历都如实告知了这位禅师。

云谷禅师笑了："我本以为你是一个了不得的豪杰英雄，谁知你竟这般糊涂！所谓知天命尽人事，何况还有命由我造，福由我求之理，哪能为了一些虚妄的定数之论就彻底放弃人生呢？"

一语惊醒梦中人。袁了凡恍然大悟，他顿时便觉前半生被那些虚无的命数给误了。可是无论如何，他不能再消沉下去了！这以后，他痛改前非，付出比年轻时更多的心血和努力，一心扑入了书海中。第二年，他就高中乡试第一名。后来，他甚至中了进士。老先生的预言被一举撕破。袁了凡的命运发生了神奇的逆转。他不仅当上了县长，还在兵部当上了司长。他不仅有了子嗣，还是个儿子。他不仅活够了 53 年，还活到了 74 岁高龄。

69 岁那年，他写成了《了凡四训》这部著作，将"与其算命，不如奋斗"的道理传给了后人。

　　人真的有命运吗？有的，但是决定我们命运的不是所谓的上天，而是我们自己。

当失败来临时

　　成功者的道路不会是一帆风顺的，这个世界上有天生的富二代，却没有天生的成功者。成功者的成功，并不只是因为他们做过些什么，取得过怎样的成绩，更在于他们能够守护住自己的成绩，尤其是当失败来临的时候。

　　史玉柱，1962 年出生在安徽省蚌埠市怀远县，和那个年代所有的中国青年一样，史玉柱的梦想也是想通过上大学来改变自己的命运，走出怀远那个小县城。

　　在学习上史玉柱是个天才，1980 年的高考，他是怀远县的"理科状元"，以优异的成绩进入浙江大学学习。1984 年大学毕业，史玉柱先是被分配到安徽省统计局，但不愿意走仕途的他在两年之后又考入了深圳大学研究生院。

　　1989 年，史玉柱从深圳大学研究生院毕业，那个时候中国正掀起下海创业的高潮，史玉柱和那个年代很多有志青年一样，也走上了下海创业的道路。

　　在当时，史玉柱应该是属于技术派的创业者，他有自己的产品及自己开发的 M-6401 桌面文字处理系统，对于这一系统的前景，史玉柱非常有把握，为此他用 4000 元承包下天津大学深圳电脑部，作为创业的大本营。

该大本营虽然以经营电脑软件为主业，但他手上却没有一台电脑，甚至除了一张营业执照外什么都没有。在当时的深圳，电脑价格最便宜一台也要 8500 元。为此史玉柱痛下血本，以加价 1000 元的代价获得推迟付款半个月的"优惠"，赊得一台电脑。而后他又以软件版权作为抵押，在《计算机世界》上先做广告后付款，推广预算共计 17550 元。当年的 8 月 2 日，他在《计算机世界》上打出半个版的广告："M-6401，历史性的突破"。仅仅过了不到半个月，他就收到汇款单数笔，用来购买他的软件。而到了当年的 9 月中旬，M-6401 的销售额就已突破 10 万元。史玉柱在付清欠款后，将剩余的资金全部投向广告，4 个月后，M-6401 销售额突破 100 万元，这成了他的第一桶金。

1991 年，史玉柱又成立了巨人公司，借此陆续推出 M-6042、M－6403 等软件。次年 M－6403 实现利润 3500 万元，有了钱的他又将巨人公司的总部从深圳迁往珠海，想要建一座属于自己的大楼。很快 38 层的巨人大厦设计方案就出台了，不过这一方案并未得到史玉柱的认同，后来这一方案被一改再改，从 38 层升至 70 层，成为当时中国的第一高楼，需资金超过 10 亿元。史玉柱基本上以集资和卖楼花的方式筹款，集资超过 10 亿元，未向银行贷款。

不过 1996 年，风光无限的史玉柱遇到了麻烦，巨人大厦资金告急，他只得将公司其他方面的资金调往巨人大厦。作为当时公司主要营业收入的保健品业务也因资金"抽血"过量，再加上管理不善，迅速盛极而衰。1997 年年初，巨人大厦未按期完工，国内购楼花者天天上门要求退款，媒体地毯式地报道着巨人的财务危机。不久只建至地面三层的巨人大厦被迫停工，巨人集团名存实亡，很多人认为史玉柱这次完了。

但是，不甘心失败的他在蛰伏了一段时间后决定东山再起，2000 年他带领原班人马在上海及江浙开始再创业，其主营业务变成了保健品"脑白金"，而且不止在创业，他还表示对前一个巨人公司所欠下的楼花款，他一并承担，并定下了 2000 年年底还钱的时间表，对此很多人表示质疑，但史玉柱又一次地做到了。

不仅如此，他经营的新巨人集团还在保健品和网络领域大放异彩，一年一个台阶地攀升。在 2007 年，他旗下的巨人网络集团有限公司成功登陆美国纽约证券交易所，总市值达到 42 亿美元，融资额为 10.45 亿美元。在短短的七年时间里，他就从一个失败者再次成为了胜利者。

所有人都喜欢追逐成功而逃避失败，但是，当失败真的来临的时候，逃避是没有用的，只有正视失败、勇于担当的人，才能够战胜失败，从而吸取教训，为获得更大的成功做准备。

史玉柱曾说：当年有 3000 多篇文章总结过巨人公司的失败原因，然后，所有人都认为巨人和我不可能东山再起，或者说，他们至少没有想到我还能够重新聚敛起骄人的财富。史玉柱说得非常轻松，但在遭受失败的 1997 年，面对如潮的批评和质疑时，还能够保持着内心的强大，相信自己能够东山再起，这得是一个多么大的气魄啊！

顺境中的成功，任何人都能够坦然面对，但当失败来临的时候，成功者和平庸者的表现就变得泾渭分明了。接受失败，坦然面对，并用努力去挽救败局，从失败走向另一个成功，这才是一个成功者应该做的。

十天与十年

20 世纪初的巴黎是世界最著名的艺术之都，那里云集着全世界最著名的画家、雕塑家、作家，它和音乐之都维也纳齐名，是当时欧洲两大灵魂中心。

在巴黎罗浮宫前的卡鲁塞勒广场上，一个年轻的画家正在写生，他穿着一件单薄的毛呢夹克，戴着一顶有些破边的 Bowler 帽。时间已是深秋，这一身单薄的衣衫让他在寒冷的空气中显得格外凄寒。他的脚下放着自己的午餐，半个包起来的面包和一杯早就已经凉透了的咖啡。在他的身侧，摆放着几幅他个人的代表作，画框上标明了价格，一幅画 35 法郎。在当时，一个工人的月工资在 40 法郎上下，这个画家的画作标价并不算贵。

卡鲁塞勒广场上人来人往，有不少人驻足欣赏画家们的画作，也有人在他的画前停下。每一个人来到面前，他都小心翼翼地打量着对方，只要对方稍微流露出一丝欣赏的表情，他内心就会升起巨大的喜悦，但已经快两个月了，他没有卖出一幅画。再这样下去，用不了多久，他就"弹尽粮绝"了。

中午时分，卡鲁塞勒广场上的人稀少了一些，游客们都去附近的餐馆吃饭去了。这个画家也停下画笔，坐下来享用自己的"午餐"。这时，一个老者来到了他的画作前，细细地欣赏着他的画作。

画家一边吃着面包，一边偷偷打量着老者，他觉得老者似乎有点眼熟，但又想不起他到底是谁。几分钟之后，老者努了努嘴，转身要离开。就在此时，画家突然想起来，这个老者就是著名画家皮埃尔·德加。

德加居然来广场看自己的画，这让他有点不敢相信，但德加那个举动明摆着就是对自己的画作不屑，是不是自己的画作真的不行呢？想到这里，画家赶快把面包丢下追了上去。

"德加先生，真的是您吗？"画家问。

"是的，年轻人！"这个老者回答。

"您来这里是专门来看我的画作吗？"画家问。

"当然不是，我只是经常来广场转一转，看看有没有具有潜质的画家！"老者坦然地回答。

"那么您觉得我的画作怎么样呢？可不可以请您指点一下！"画家问。

听了这句话，老者不置可否地笑了笑，然后摇了摇头，转身就要离开。

这个举动再明显不过了，画家一下子就慌了，他抓住德加的手臂，恳切地说："德加先生，我非常渴望能成为一个真正的画家，请您指点指点我，告诉我，我的缺点和问题在哪里？提携后辈，培养绘画人才，也是您这样德高望重的大画家的分内之责啊！求求您，帮一帮我吧！"

面对年轻画家的恳求，德加沉吟了几秒，然后说道："年轻人，我看了你的作品，虽然说不能算一无是处，但离真正的画家也确实相去甚远，你要想成为真正的画家，非要下一番苦功夫不可！"

画家哭丧着脸说道："您说的我明白，但我的功夫该从什么地方下起呢？构思？布局？还是色彩？"

德加回答说："你说的那些都是次要的，我只问你一点，你这些画作曾经卖出去过吗？"

画家回答说："在我的小镇卖出过几幅，但我来巴黎快一年了，一幅画也没卖出去过！"

德加问："你知道为什么吗？"

年轻的画家摇了摇头。

"我再问你，你画一幅画需要多长时间？"

年轻画家忐忑地说："大概十天时间！"

德加听了之后，瞪大了眼睛说："你在一幅画上下的功夫只有十天，当然一年也卖不出去了，如果世界上的画家都像你这样，十天便完成一幅画，那么这个世界上就不会有画家。告诉你，我画一幅画往往需要十年的时间，十年时间完成一幅画，只要我说这幅画可以卖掉，那么不用一天就会被收藏家买走！你明白问题出在哪儿了吗？你在绘画的技巧上下功夫之前，先要在态度上下功夫，像你这种态度，一辈子也不可能成为真正的画家的！"

年轻人听了德加这一番话，惊得浑身大汗淋漓，德加说完转身离开了，而年轻人则在寒风中感受到了一股发自内心的温暖，他已经找到了通往画家的路，未来应该怎样去做，他终于知道了。

疯子建立起来的国度

美国是一个神奇的国家，从来没有一个国家可以像美国这样，立国不到 300 年的时间里，有 200 年都一直领先于世界其他国家。美国的神奇之处在于，它是一个由"疯子"建立起来的国度，在美国的历史上，一个又一个的"疯子"站出来，宣告他们将挑战那些不可能的事情，而最终他们一个又一个地获得了成功。

休斯电气公司是著名的世界五百强企业，能够取得如此令人瞩目的成就，这与其创始人休斯先生的大胆是分不开的，值得一提的是，作为以创新和技术为精髓的休斯公司，其创始人休斯先生居然并非一个理工科学生。

休斯毕业于美国明尼苏达州大学的新闻系，在毕业之后，休斯到一家报社当记者，工资虽然不高，但也可以维持生活。

20 世纪初，随着第二次工业革命的到来，美国电力工业也得到了飞速地发展。面对这股发展的浪潮，对电器一窍不通的休斯决定辞职，想在电器方面搞发明，以此来创业。

发明对于专家来说都不是一件说做就能做到的事，更别说对于一个门外汉了。不出所料，休斯这一决定引来了家人、朋友、同事们一致的质疑

和嘲笑，大家都认为他一定是疯了。

面对周围的质疑，休斯不为所动，他从电器的基础知识开始学起，很快掌握了电器知识领域里面的精髓。一次，休斯到朋友家去做客，菜是在煤油炉上炒出来的，朋友不小心把一滴煤油掉进菜里，菜的味道很难闻。这激发了休斯的灵感，休斯想到：如果他能够发明一种"烧电"的炉子，不就可以避免把煤油弄到菜里了吗？

有了方向又有了知识，休斯就开始潜心研究他心目中"烧电"的炉子。当然，休斯的这个举动在他身边的人看来简直就是"疯了"。

在当时，由于电路安全的缘故，人们对于电器有着一定程度的偏见，认为它不够安全，容易引发事故，因而，凡是用到电器设备的地方，都要用极好的防护措施加以防范。

防范还防范不过来，居然想要用电直接制造类似于明火的热量，如果这东西真的发明出来，那么使用它的人就无异于"火中取栗"了！

但休斯就是"不信邪"，他在基础构思的基础上，想尽一切办法增加电炉的安全系数。经过 4 年不断地努力，休斯终于研制出了一台"连傻瓜都可以安全使用"的电炉。后来，又经过了几年时间的推广，休斯的电炉走进了美国的千家万户，而他也因此成了一位百万富翁。

无独有偶，美国联邦快递历史上最著名的管理者弗雷德·史密斯也曾经是一个被人称作是"疯子"的人。

弗雷德·史密斯出生于美国中产阶级家庭，毕业于耶鲁大学，参加过越南战争，退役后进入联邦快递工作。在联邦快递公司中，史密斯用了几年时间从一个普通职员一步步成长为公司高级管理者。

1971 年，当史密斯开始在联邦快递进行改革的时候，他遭受到了多方面的质疑，他的很多改革方案刚一出台，讽刺、诅咒、嘲笑的声音就接踵而至了。在当时，他被人嘲笑过的改革方案足足可以列出一条长长的清单，而这清单上最著名的就莫过于用商务飞机运快递了。

为解决快递时间长、安全性差的问题，20 世纪 70 年代，史密斯果断地提出了用商务飞机来运送快递的设想，但这一设想一经出台就广受质疑，业界人士一致认为史密斯是真的疯了。

因为当时美国交通部和航空管理局只允许物流公司使用一种小型专用飞机，这种飞机只能运送小件快递，所以大件快递还要依托于火车。火车运送不但无法保证送达时间，还容易受到天气的影响，这对于很多物流公司来说都是一个致命伤。

那么，能不能用大型商务飞机来送快递呢？当时大多数人的想法是"不能"。因为商务飞机的飞行成本比较高，一般只用在军用和客用方面，几乎没有人愿意干这种得不偿失的货运。

但史密斯偏要去做，他觉得既然军队可以不计代价地用大型飞机运送补给，商业公司为什么不能呢？于是他购买了两架即将退役的飞机，一开始，飞机运送快递的劣势明显，因为成本巨大，这种快递服务一直处于赔钱状态。

但史密斯及时推出了次日到达业务，全美除夏威夷之外，都能够实现次日到达，而依靠的就是飞机运送。次日到达安全、快捷，但价格相对昂贵，史密斯通过不断地游说，终于让客户们一个又一个地接受了这项服务。

客户们终于意识到了飞机运输所带来的好处，因此他手中的货源不断增加，而货源的增加则使得单件运送货物的成本不断下降。

在这样的良性循环下，联邦快递取得了飞速的进步，很快就超越了同行业的其他企业，成为占世界运输市场份额第一的国际性运输集团，世人也领略到了史密斯疯狂背后那超越众人的远见和胆量。

成功者需要有过人的胆量，执着的精神，还有不理会质疑嘲讽、坚持

自我的勇气。一个伟大的成功者，在他获得成功之前总不免被人笑为"疯子"，但当他凭借自己的"疯子"劲头获得成功之后，他便会告诉世人，在他这个"疯子"面前，世人不过是平庸的"傻子"而已。

仇恨的名单

所罗门兄弟、高盛、雷曼兄弟、美林、摩根士丹利、美邦银行……

当一个人在自己的名单中写下这些公司名字的时候，她的内心里充满了仇恨。将这些全球巨无霸投资公司列入"仇恨名单"中的，并不是某个失败的投资者，而是一个同样处于金融领域的人，她的名字叫作克劳切克。

莉莎·克劳切克出生在美国南卡罗来纳州一个白人中产阶级家庭。年幼的她瘦瘦小小，在兄弟姐妹当中是最不起眼的一个。克劳切克曾经这样形容自己的童年："在学校里，我长着雀斑、穿背带裤和矫正鞋，还戴眼镜。我有一半犹太血统、一半盎格鲁撒克逊人血统，尝尽了被人排挤的滋味。在入选球队时即便我不是最后一个，也一定是倒数第二个。在我的记忆中，有许多令人心碎的回忆。一次，我终于踢到了球，兴奋地跑着，可是眼镜掉了，不得不回头去找。我经常遭到同学的嘲笑，长相、声音、个头，有关我的任何东西都可能成为他们嘲笑我的理由。"

从上学时期开始，克劳切克就一直挣扎在他人的蔑视和取笑当中，这让她只能在一个领域下功夫，那就是学习。年幼的克劳切克拥有极好的学习成绩，这是身边所有人都无法望其项背的。

但学习弥补不了内心的委屈，好在克劳切克最委屈的时候，她的母亲

给了她很好的安慰。母亲对她说："不要在意那些同学们的嘲笑，她们都是一些爱唱反调的人，她们只会坐在旁边，对那些付出努力的人指手画脚。"母亲的话对克劳切克起了很大作用，她开始走向自卑性格的另一面，倔强的自尊。

这种自尊让克劳切克逐渐成为小伙伴身边一个"谁也惹不起的人"，而优异的成绩又让她小小年纪便拥有了一颗精英的心。她立志成为白人精英，服务于整个社会。1992年，克劳切克从哥伦比亚大学毕业，她获得了MBA学历，梦想着去华尔街开创一片属于自己的天地。

一开始，她向华尔街上几乎所有的公司投出了简历，但没有一家公司录用她。克劳切克说："美邦拒绝了我两次。他们不确定我有没有收到拒绝信，所以发了两次。最后我明白了，他们不会再回信了，我对此非常灰心。不过这种低沉的情绪只存在了很短的时间，很快我就重新燃起了信心，而且这次我也明白了一个道理，那就是如果想要成功，你就要坦然面对别人的否定。"

在愤恨中，克劳切克默默地记下了这些公司的名字——所罗门兄弟、高盛、雷曼兄弟、美林、摩根士丹利、美邦银行……她发誓，早晚有一天要报复给他们看。

在小公司桑福德伯恩斯坦，克劳切克谋得了一席之地。她作为证券分析师进入了华尔街，只不过此时她的想法已经不是单纯地做一个金融精英，内心深处的仇恨让她决定一步步迈向华尔街的顶层，然后报复那些曾经看不起她的公司。

在桑福德伯恩斯坦公司做出了成绩之后，克劳切克跳槽到了花旗银行，当时为了跳槽，她放弃了大笔的福利和已经拥有的地位，但为了能够报复那些曾经看不起自己的公司，她对这些牺牲一点也不在乎。

在花旗银行，克劳切克从中层管理者做起，带领自己的团队创造了一个又一个的佳绩，在她的主导下，花旗成立了现在影响巨大的美邦部门，她也因为业绩出色为被公司提拔为首席财政官，之后又于 2004 年成了花旗银行的掌门人。

在白人男人占主流的华尔街，克劳切克依靠自己的努力为女性闯出了一片天，而在花旗的掌门人位置上，她也在一步步开展着自己的复仇计划。那些在她仇恨名单中的企业，都或多或少成了这位"华尔街女王"打压的对象，而任这些公司怎么也想不到的是，这个在他们面前叱咤风云的对手，其实就是他们自己造就出来的。

零号的"大将军"

1982年洛杉矶黑人女孩玛丽·弗朗西斯·罗宾逊生下了一个男婴，当时还未成年的她根本不知道自己无法做一个母亲，而男婴的父亲也还是一个大男孩。玛丽将这个男孩儿起名为吉尔伯特·罗宾逊，虽然她极力想抚养自己的孩子，但她终究还是没有尽到一个母亲的责任。

在这个男孩儿两岁的时候，政府将他带到了他的父亲身边，而此时，男孩儿的母亲正因为寻衅滋事而被关进警察局。男孩儿的父亲将男孩儿的姓氏改回跟自己姓，这个男孩儿于是有了一个新的名字——吉尔伯特·阿里纳斯。19年之后，这个名字的前面将会有一个更加响亮的称号——"大将军"。

阿里纳斯的父亲是一家汽车配件商店的店员，从阿里纳斯两岁开始，他便独自承担起了照顾阿里纳斯的责任。

虽然家庭条件一般，但好在这里是美国，只要你有天分、够努力，一样能够实现自己的"美国梦"。而老阿里纳斯的美国梦就是将小阿里纳斯培养成一个篮球明星。

老阿里纳斯在年轻时是一个运动健将，但严重的伤病让他被迫告别了赛场，现在有了孩子，他暗下决心，无论如何也要将儿子送上职业运动员的道路。

　　小阿里纳斯也确实十分争气，仅仅 7 岁的时候，他便展现了极好的篮球天赋。到 11 岁的时候，小阿里纳斯就已经成了所在街区的"篮球名将"。此后，为了让小阿里纳斯获得更好的成长，老阿里纳斯不断地转换着工作，终于在小阿里纳斯 14 岁的时候，老阿里纳斯成了一家篮球队的教练。

　　不过，在父亲的球队里，小阿里纳斯并没有得到一丝一毫的照顾。他不但要和同龄的球员争夺上场机会，很多时候还被父亲摁在板凳上。父亲的理由很简单，他必须尝一尝被人忽视的滋味，只有在被人忽视的情况下，仍然能够坚持自己的篮球梦想，才能够在未来的某一天成为一个职业篮球运动员。

　　进入高中之后，小阿里纳斯渐渐成长为一个专业的篮球运动员，他技术精湛、拼抢积极，无论是个人单打独斗，还是与全队进行配合，都能够应付得游刃有余，这让他很快成为球队的核心。

　　高中的顺风顺水让小阿里纳斯变得有些飘飘然，在进入大学的时候，他将目光瞄准了加州洛杉矶分校，但最终却与之失之交臂，最终他进入了亚利桑那大学。

　　在亚利桑那大学，小阿里纳斯打出了非常漂亮的成绩。在亚利桑那大学的两个赛季，小阿里纳斯一共参加了 70 场比赛，平均每场获得 15.8 分，3.8 个篮板和 2.2 次助攻，在他离开学校那年，他已经在学校总得分榜中进入到了前 30 名。

　　这样的成绩，让小阿里纳斯更加自信，因此在大三的时候，年仅 19 岁的他宣布 NBA 参加选秀，他向篮球世界宣布，"我阿里纳斯来了！"

　　然而，现实却给了小阿里纳斯狠狠的一巴掌。在选秀之前，对自己充满信心的阿里纳斯已经找好了经纪人，并提前获得了赞助。过惯了苦日子的他认为自己即将一步登天，为了犒赏自己，他还提前购买了钻石手表、金项链，并且提前住进了洛杉矶的豪华公寓。

　　结果，到了选秀的当天，小阿里纳斯傻眼了。看着选秀一点点地进行，

从1号状元秀一直到首轮30号，小阿里纳斯的名字始终没有人喊出来。小阿里纳斯陷入到了极度的沮丧当中，他既愤恨又羞愧，哭着把手表项链都甩到了窗外，他觉得天都塌了下来。

到了第二轮，终于小阿里纳斯被金州勇士选中了。二轮秀好歹也进入到了NBA，但在小阿里纳斯看来，第一轮不被选中已经成为他人生的一个耻辱。

然而，耻辱的事情并没有完，在NBA季前赛中，小阿里纳斯遭到了首轮新秀们的嘲笑，他们嘲讽小阿里纳斯那自视过高的行为，更调侃他在NBA"什么也得不到"。

其他人的嘲讽，让小阿里纳斯愤怒无比，但在愤怒的时候，他想到了父亲的教诲，想到了那一年在父亲手下当替补球员的经历。"愤怒有什么用呢？我要做出成绩给他们看看，谁才是真正的状元，谁才是明星球员！"小阿里纳斯这样想。

能够想到这一点，证明老阿里纳斯的苦心没有白费。在整个季前赛里，小阿里纳斯拼命地训练、拼命地表现，终于为自己挣得了在常规赛的一席之地。在NBA的第一个赛季，小阿里纳斯一共为金州勇士队出场47场次，其中30场首发，平均得到10.9分，2.8个篮板，3.7次助攻和1.4次抢断，这个数据对于一个新秀来说已经足够耀眼了，但小阿里纳斯觉得还不够。

在赛季结束之后，小阿里纳斯没有像大多数人那样出去度假，而是专心留在球馆里和自己的训练团队一起加强训练，准备迎接下一个赛季。在接下来的赛季里面，小阿里纳斯将数据提升到了每场18.3分，4.7个篮板，6.3次助攻和1.5次抢断，这个数据已经足以让他成为NBA明星球员中的一员。接下来的几个赛季，小阿里纳斯的数据总是在不断地提升，与之相应的是他在联盟中的地位的提升。到了2005——2006赛季，转到了华盛顿奇才队的他，已经可以获得场均29分的高分，他已经成为名副其实的超级巨星，而因为他总是习惯单枪匹马地拯救球队，在 NBA 里，大家送给他一个更加响亮的称呼——"大将军"。

从"什么也得不到"到明星球员"大将军"，小阿里纳斯每一步都走得无比艰难，但支撑他坚持走下去、并最终获得成功的，是他坚定的意志和对成功的渴望。

安第斯空难奇迹

南美洲阿根廷与智利交界处的安第斯山脉一直被人类视为畏途，那里终年积雪，空气稀薄，人迹罕至，在人类漫长的历史上，翻越安第斯山脉一直被视为不可能的事情，也因此，它成了国家之间天然的屏障。

1972年10月的一天，一架搭乘有45名乘客的飞机正飞过安第斯山脉上空，这架飞机是从乌拉圭飞往智利的固定航班，机上大多数乘客是到智利参加比赛的乌拉圭橄榄球运动员。

按照正常的航程，这架飞机用不了几个小时就会降落在智利首都圣地亚哥的奴贝尼特斯国际机场，然而不幸的是，飞机在安第斯山脉上空遭遇到了强气流，虽然机组人员努力地控制飞机，但终究还是没有能够挽救坠毁的命运。

飞机坠毁了，21名乘客和机组人员当场遇难，但还有24个人幸存了下来。在空难中能够幸存的概率很小，应该说这24个人真的是非常幸运的，然而，这种幸运只是给了他们生存的可能，却不一定能够让他们真的生还，因为飞机坠落的地点是安第斯山深处，这里的海拔高达3900米。

空难发生的时间是下午4点钟，在飞机坠落的强烈冲击下，幸存者一个个昏了过去，到凌晨时分，开始有遇难者渐渐苏醒。一开始，苏醒的遇

难者们没有任何感觉，意识处在模糊当中，直到太阳升起之后，才渐渐有人恢复了正常的意识，当所有人都恢复了正常的意识之后，他们开始为自己身边亲朋好友的遇难感到悲痛。

这种悲痛一直持续了几天的时间，以至于在这段时间里，大多数人都没有考虑自己身处的环境，没有人思考下一步应该怎样去做。直到几天之后，身体的疲惫、内心的恐惧以及求生的欲望彻底取代了悲痛，才有人思考应该怎样拯救自己。

安第斯山最难熬的是寒冷，终年积雪的山脉夜晚温度能够低至零下30℃，已经有重伤员在寒冷中死去了，如何抵御严寒成了幸存者们首先要考虑的问题。好在飞机的残骸还在那里，于是幸存者将所有遇难者的尸体拖到外面，这样便在机舱里腾出了更大的空间，接着他们用摔坏的行李和木椅堵住飞机的破洞，再用雪塞住缝隙处，把飞机座椅上的座套拆卸下来缝合在一起，裹在身上取暖。

到了晚上的时候，所有人都挤在一起，大家脸对着脸睡觉，这样呼出来的热气就可以喷到对面人的脸上。为了取暖，他们把所有能用来燃烧的东西都找来了，甚至烧掉了所有的纸币。就这样，机舱里仍然冷得可怕，但好歹是不至于被冻死了。

大家在煎熬中等待着搜救人员的到来，每个人都守在飞机上仅存的一台收音机旁，听着广播中关于空难搜救的消息。有收音机里的消息，大家内心还充满了希望，然而到了第十天，收音机里传来了噩耗：由于考虑到天气的因素，搜救机构判断遇难者生还的可能性已经不大，搜救活动已经停止了。

听到这个噩耗，很多人当场便崩溃了，他们大声地冲着收音机呼喊，但谁都知道，由于没有通信设备，外界无法知道他们的消息。过了很长时间，当幸存者们冷静下来之后，他们意识到这下子能拯救他们的就只有他们自

己了。

如何拯救自己？这个问题每个人都在思考。突然，有个幸存者回忆起遇难前驾驶员的一句话——"我们已经飞过了库里科"。库里科是智利首都圣地亚哥南方大约 100 英里的一个小城市，如果这句话正确，那么照此推断，只要越过西面最高的这座山峰，再向西就是智利。

翻越那座山峰，到智利去寻求帮助，幸存者们这样决定，然而他们真的能做到吗？每个人心里都没底。翻越这座山峰，最困难的问题是寒冷和漫长的徒步行走，但更现实的问题是食物。

山上到处都是雪，所以并不缺水，但飞机残骸中能搜寻到的食物，已经在这段时间里被消耗殆尽了。无论是留在原地的人，还是去求助的人，都没有足够的食物。到哪里去寻找食物？这是生存最关键的问题。在思考了很长时间之后，大家做出了一个坚决而又有些残忍的决定。

空难遇难者有 21 人，幸存者中因为雪崩、生病等原因又先后有 8 人死去，这些人的尸体就摆在那里，在根本没有食物的环境下，与其坐以待毙，还不如回归到人类原始的本能，那就是食用死去同伴的尸体。

现在，幸存者就只剩下 16 个人了，这 16 个人手拉手站在一起，大家共同达成了一项协议，那就是为了生存，接下来要以遇难同伴的尸体为食了。而且，大家还一直商定，如果有人在接下来的日子里死去，同样允许同伴食用自己的尸体。

虽然残忍，但却是出于无奈，求生的本能和内心对生存的渴望，让大家别无选择。而正是这种绝望中的挣扎，才最终给了幸存者一线生机。在空难事故发生之后的第 61 天，主动外出求助的 3 个人终于翻越了安第斯山脉，到达了智利的一个小镇，并从这个小镇发出了求救的信号。很快，接到求救信号的救援队找到了空难发生的地点，这个时候，余下的 13 个人依靠同伴的尸体依然坚强地生存着。

安第斯空难是人类空难史上的一个奇迹，这个奇迹的出现自然少不了命运中的幸运，但能够将生命的幸运变成奇迹的，却是所有幸存者内心始终没有泯灭的求生的欲望，正是这种执着的生存信念，最终拯救了他们的生命。

伯尔尼的奇迹

　　喜爱足球运动的人都知道，在足球世界里，德国男子足球队是传统的强队，他们以作风硬朗、技术精湛、斗志顽强著称，被球迷们戏称为"德国战车"。"德国战车"参加过多届世界杯，并获得过四次冠军，仅落后于"桑巴军团"巴西男子足球队。

　　不过很多人不知道的是，德国足球的崛起是从1954年开始的，在1954年之前，德国男子足球队仅仅是欧洲的准一流球队，远远称不上世界强队，但在这一年的瑞士世界杯上，他们战胜了不可一世的世界强队匈牙利队。

　　现在的匈牙利队已经成了欧洲的中游球队，而德国队成了世界霸主，可以这样说，德国队的崛起其实是踩着匈牙利队的"尸体"开始的。而能够做到这一点，关键还在于德国人顽强的意志。

　　1954年7月4日，瑞士伯尔尼的万科多夫6万人体育场，全场座无虚席，所有人都在等待着比赛的开始，这一天要进行世界杯决赛，对阵的双方是"魔幻匈牙利"和德国队。现场有来自欧洲各国的球迷，除了少部分德国球迷之外，大部分人内心都认定匈牙利赢定了，而即便是最乐观的德国球迷也承认德国想要战胜匈牙利除非出现奇迹，因为那时的匈牙利队实在是

太强大了。

1954 年的匈牙利队正如日中天，该队首创了四前锋打法，掀起了足球世界的"第一次技术革命"浪潮。当时的匈牙利队里有普斯卡什、柯奇士、博兹克和赫德库蒂等世界级球星。而从以往的战绩来看，匈牙利已经 4 年没有输过球了，从 1950 年 5 月开始，匈牙利队在 31 场国际比赛中创下 27 胜 4 平的惊人纪录，其中还包括在客场以 6 比 3，主场以 7 比 1 的比分，横扫当时的另一支世界劲旅——英格兰队。因为打法漂亮，战绩出色，所以当时这支匈牙利队被球迷们戏称为"魔幻匈牙利"。

两年前，"魔幻匈牙利"获得了奥运会的金牌，而在 1954 年的瑞士世界杯上，匈牙利本身就是奔着冠军而来的。

而反观德国队，这几年虽然已经有了很大的进步，但仍然处于欧洲准一流的水平，国际战绩并不算出色，对匈牙利队更是没有心理优势。更要命的是，就在两个星期之前的小组赛上，被分到同组的德国队居然输了匈牙利队一个 3:8，如此悬殊的比分让德国人自己都觉得双方不在同一个水平线上。

在比赛开始前，德国队主教练赫尔贝格公开宣称他们不奢望能击败强大的匈牙利队，在话里话外，赫尔贝格将对手捧上了天。然而回到更衣室，他却要队员们鼓足勇气，"匈牙利人没有什么了不起的，只要我们相信自己，绝不放弃，是一定能够战胜他们的！"赫尔贝格这样激励自己的队员们。赫尔贝格还告诉队员们，在比赛过程中一定会遇到很多的困难，匈牙利人可能会率先破门，但即便这样也不要惊慌，要与对方周旋到底，不到最后一刻绝不能放弃。

下午 3 点，比赛正式开始，正如赛前所有人预料的那样，匈牙利队实在是太强大了，仅仅用了 8 分钟便取得了两球的领先。

领先后的匈牙利球员开始有些大意，他们大概认为小组赛的一幕将要

再次上演，德国依然是那支任由他们摆布的鱼腩球队。然而，麻痹大意给了德国人可乘之机，趁着匈牙利人大意之际，德国人连扳两球，将比分变成了2:2。

连丢两球的匈牙利人缓过神来，开始反扑德国队，匈牙利人强大的锋线给了德国人极大的冲击，有一段时间德国队连半场都过不了，全队都退回本方半场防守。不过，被动的形势反而激发了德国人顽强的斗志，大家众志成城，居然防住了在上半场余下的时间里匈牙利人的反扑，到了中场时，比分还是平局。

中场休息的时候，在德国队的更衣室里，弥漫着的是决心和斗志，而在匈牙利队的更衣室里，依然是乐观和对德国队的轻视。"照这样的形势发展下去，德国队仍然会被我们击败！"匈牙利队队员们这样相互祝贺。

然而到了下半场，命运的天平开始向德国队这一方倾斜，先是现场下起了大雨，球场变得泥泞起来，这给技术占优势的匈牙利队带来了极大的困难。与此同时，运气也站到了德国队这边，匈牙利球员克奇斯和赫德库蒂的射门分别击中了球门横梁和立柱，而一次，眼看就要破门的球，居然被德国队回防的球员从门线上踢了出来。

就这样，斗志顽强的德国队一直坚持到了奇迹发生的那一刻——第86分钟，德国队前锋拉恩突破匈牙利队防线，打入制胜的一球，德国队居然神奇地领先了。

在拉恩进球的那一刻，全场球迷都愣在了那里，他们不相信眼前发生的这一幕，德国队居然领先了不可一世的匈牙利队。很长时间之后，他们才意识到发生了什么，于是全场爆发出了热烈的喝彩声。在剩余的几分钟里，德国队球员全线回收，拼命顶住了匈牙利队最后的反攻，当终场哨音响起的时候，现场的每个人都明白，他们见证了一场奇迹的发生，而顽强不屈的德国队球员就是这个奇迹的创造者。

　　德国队的奇迹，不能说没有运气的成分，但关键在于，他们把握住了命运给予的机会，一颗颗顽强而自信的心没有让创造奇迹的机会从手边溜走。而从这场比赛开始，顽强便成了德国队的标志，德国队正式走上了世界强队的道路。

不幸的人不止你一个

　　若昂先生是一家贸易公司的部门主管，最近一段时间，若昂的精神十分不好。因为就在上周，公司要晋升一位地区经理负责中西部六个州的业务开展，若昂本来对这次晋升很有信心，但没想到最终却在内部竞争中落败了。

　　从这一天开始，若昂便陷入到了十分严重的挫败感之中。他经常一个人愁眉苦脸地上下班，工作也总是无精打采，做什么都是应付了事。这一天，若昂又一次在疲惫当中结束了一天的"工作"，他不想那么早回家，于是便来到一家平时经常光顾的咖啡馆，无所事事地坐在那里。

　　正当若昂在那里发呆的时候，一个朋友走了过来，他看到了若昂写在脸上的失败感，便对若昂说道："嘿，伙计，怎么一个人坐在这里？看你一脸不耐烦的样子，遇到什么事情了吧？"

　　满腹心事的人，最怕的就是别人的询问，朋友这样一问，若昂便开始倒起了苦水，把自己这段时间的烦恼统统告诉了这个朋友。

　　朋友听完了若昂絮絮叨叨地抱怨之后，并没有说什么安慰的话，只是从口袋里拿出了一台录音机对他说："这是这段时间两个病人来向我做的心理咨询，我把他们的话都录在了这盘录音带上，你仔细听听他们都说了

些什么，或许对你有帮助。"

朋友的举动让若昂感到很好奇，但他还是决定听一听录音机里都有些什么。若昂便按了播放键，认真地听了起来。

一开始是一个女人的声音，从这个女人的叙述中，若昂明白了在她的身上发生了什么。录音的时候，这个女人刚刚失去了陪伴自己二十多年的丈夫，她和丈夫一直很恩爱，两个人多年事业无成，生活一直很艰辛，但因为有丈夫在，再艰辛的日子也让她觉得能够忍受。但现在丈夫一声不响地走了，而且还留下了一大堆债务需要偿还，这让她觉得生无可恋。

在这个女人叙述完之后，紧接着出现的是一个男人的声音。这个男人是一个小企业的老板，十年如一日地经营着自己的企业，虽然总是很用心地经营，但企业一直没有起色，好不容易，最近他获得了一次翻盘的机会，但却因为自己的失误而错失了这次机会，还给企业造成了巨大的损失。现在，企业不但向前发展的空间没有了，还面临着倒闭的风险。

用了差不多3个小时的时间，若昂听完了整盘录音带的叙述。朋友问他："你听出他们的共性了吗？"

若昂回答说："这两个人都遭遇了非常大的不幸。"

朋友说："但你知道现在他们生活得怎样吗？第一位妇人尽管每天都要受到债主的催债，但是她依旧活得十分开心，她在房子的附近开了一个小酒吧，每天酒吧都爆满。如今她已经通过自己的努力，偿还完了大部分债务，而且那些债权人有的还成了她酒吧的常驻客人。而那个男人，他没有放弃自己的企业，寻找一切东山再起的机会，终于在一个投资人那里获得了资金，现在，他那个曾经濒临倒闭的公司已经快要上市了。"

当若昂听完朋友的一番论说后，心里忽然有了一种异样的感觉，他觉得自己的不幸似乎并不算什么，自己一直以来的沮丧、颓废、挫败感，更多是因为内心对自己的失望造成的，而既然生活如此艰难的人都能够重新

振作起来，自己又怎么有借口继续颓废下去呢？

　　若昂满怀感激地望着面前的朋友，心里明白了这些道理，身上便轻松了很多，他向朋友道谢之后，快步地走出了咖啡馆，此时天空已经挂满了星星，若昂觉得自己的未来充满了希望。

能力比资历更重要

日本受中国儒家文化影响巨大，儒文化的影子在日本社会的每个角落都有所体现，企业界也是一样。儒文化在日本企业界造就了很多特质，譬如重视员工对于企业的忠诚，企业内部的资历等，这种特质在大多数时候是好事，但有些时候则可能会带来一些副作用。

西武集团是日本一家庞大的企业集团，整个集团的员工总数超过十万人，企业触角遍布日本数十个行业，共拥有超过 100 家控股的子公司、分公司，经营的业务涉及铁路、运输、百货、地产等，与新日本钢铁公司、三菱重工企业集团并称为日本三大企业集团。

在西武集团发展史上，第二任总裁堤义明是一个关键人物，正是他把西武集团从一个普通企业发展成了今天的巨无霸企业。因为在经营上取得的成绩，堤义明也成了日本企业界、财经界和公众中最富影响力的人物，连日本"企业之神"松下幸之助都称赞堤义明为"西武集团的中兴之祖""日本服务业的第一人"。

然而，在堤义明刚刚接手父亲创办的西武公司的时候，他面对的却并不是一个太好的局面。1965 年，西武公司创始人堤康次郎病逝，堤义明作为堤康次郎第三个儿子，直接绕过了两个哥哥，接掌了西武公司，成为西武集团的第二代领导者。

在他刚刚接手西武集团的时候，就有一个重大的问题摆在他的面前，那就是他的资历。堤义明出生于 1934 年，成为董事长的时候不过 32 岁，而公司一群大佬高管全都是跟着堤康次郎"打天下"的，在这群人面前，堤义明这个董事长实际上是一个小字辈。

深受儒家文化影响的日本企业界讲究论资排辈，因此，堤义明虽然贵为董事长，但事事也需要考虑这群高管们的想法。

而当时西武公司面临的状况是，日本正进入战后经济腾飞阶段，整个社会都处于一片欣欣向荣的景象中。在这种情况下，几乎每个人都认为在东京投资房地产肯定是一件一本万利的事情，许多著名的企业和企业家都先后云集东京，将别的领域的"热钱"砸向了炙手可热的房地产业。

因为西武在房地产上本来就有着巨大的产业和经营的经验，因此很多投资者都以为它必然会以更大的投资力度进入东京的房地产。然而，刚刚继任还未满三十二岁的堤义明却做出了一个大胆的决定，放弃房地产业。

这一决定令全日本的企业家都感到疑惑不解，高管们开始怀疑堤义明有没有领导这家大企业集团的能力。一些想在房地产投机中获取暴利的高管开始中伤堤义明，把他说成是一个不懂得经营之道的"阿斗"，堤康次郎看走了眼才让他继承自己辛苦打拼的事业。

终于，在一次集团内部的会议上，以森田重光等人为首的元老高管纷纷提出他们的反对意见，甚至还威胁如果堤义明胆敢擅自做出决定的话，他们就要撤出集团。

但是，这些批评和威胁都没有动摇堤义明撤出房地产的决心，在最高决策会议上，堤义明面对年龄比他大、经验比他丰富的高层管理人员说道："我已经预测到，东京土地投资的良机已经过去了，因此我要做这个大胆的决定，现在大家不同意我的想法，但我知道我是正确的，尽管你们各位说的也不是没有道理。可你们没有看出东京地产业的暴风骤雨已经快到来了，危险得很。总之，这个问题我决定了，大家照我说的话去做准没错。"

在堤义明的冷酷和坚持面前，元老们终于妥协了，就这样，西武公司从房地产业中退出了。而仅仅过了一年，东京地产业就开始出现大规模的崩溃，无数土地投资者在炒卖的旋涡里无计可施。

就在这时，堤义明又站了出来，他立主趁房地产大势已去，物业价格下降的趋势，大举收购东京等大城市的房地产。可想而知，这个举动又招致保守高管们的反对，但有了第一次的成功经验，高官们的反对已经挡不住堤义明的行动。

此后的几年，堤义明大举"抄底"日本房地产业，总共收购了日本十分之一的房产，而随着日本金融的缓慢复苏，房地产业又开始兴旺起来，堤义明这一进一出让西武公司获得了极大的收益，而那些资历深、经验足的公司泰斗也不得不承认，在堤义明过人的能力面前，资历其实并不是那么重要的。

时间总是会证明坚持者的正确，很多时候，在质疑的声音面前，有想法的人会选择妥协，甚至有的人会还以"理智"为借口，在别人的"好心劝诫"下动摇自己的信心。但是，那种行为只是懦夫的做法，一个坚强的人，是绝不会屈从于别人的意志的。哪怕路程再艰难，哪怕每天只能前进一点点，他们也不会放弃自己的理想，勇敢地坚持到成功的那一天。

科奇的奇迹

科学并不相信奇迹，但现实中，又往往有奇迹出现在人们的生活中。当然，这种奇迹并不违背科学常识，而往往是人发掘内在潜力的，以一种自我刺激的方式创造出原本不可能的事情。

美国人迈克尔·科奇是一个登山爱好者，他从 9 岁开始跟随父亲学习攀登技巧，13 岁便跟随父亲登上了科修斯科山，之后的 10 多年里，科奇走遍世界各地，征服了一座又一座的山峰。

在科奇 26 岁的一天，他和同伴们约好去攀登犹他州的一座山峰，这天清晨起来他就有一种不祥的预感，觉得自己这一天可能会发生什么事情。这种预感搅闹得他不得安宁，做什么都心不在焉，终于在攀登的过程中发生了事故，因为膨胀钉的缘故，科奇从半空中摔了下来，瞬间失去了意识。

同伴们赶忙联系救援人员将科奇送进了医院，在医院里科奇得到了很好的治疗，身体渐渐康复。但在身体康复的同时，科奇觉得自己的双腿似乎失去了知觉，他完全感觉不到疼痛，也无法控制自己的双腿做任何动作。

"这是怎么了？不会就此残废了吧？"科奇这样想。但医生检查了很多次，也没有发现科奇的双腿到底有什么问题，最终医生们得出结论，科

奇这可能是一种心理障碍。这次坠落事故给他的内心深处留下了较大的阴影，因而他无法再控制自己健康的双腿了。

一开始，科奇并不相信医生的说法，在心里暗下决心一定要重新站起来。为此，科奇不断地尝试，扶着墙站立，在亲人的搀扶下行走，自己躺在床上做腿部运动，但一次又一次的尝试，换来的却是一次又一次的失败。经过大半年的时间，科奇终于开始绝望了，他明白自己是真的站不起来了。

无法使用双腿，这对于一个天生喜爱运动的人来说，无异于一种残忍的折磨，科奇感觉痛不欲生，他觉得自己的整个人生都失去了希望，于是他陷入到了酗酒之中，他想用酒精来让自己忘记没法行走的痛苦。

一开始，亲人朋友们还过来劝解，但在一次次劝解无效之后，亲人们也就慢慢习惯了科奇这种现实，大家回归到各自正常生活当中，只剩下科奇一个人，还怨天尤人地"悲悯"自己，然后在抱怨中用酒精来麻痹自己。

有一次，科奇到酒吧去喝酒。这天晚上 10 点钟，醉醺醺的科奇一个人从酒吧出来，准备坐轮椅回家。

在酒吧街角的拐角处，科奇的轮椅走到了一处大楼的阴影中，黑暗中突然出现三个穿着套头衫的年轻人，这三个人的模样看上去就不像好人。果然，这三个小混混走向了科奇，他们拿出刀子威胁科奇把身上的钱全部交出来，在科奇交出了钱包之后，他们又对科奇进行了殴打。

双腿无法站立的科奇自然打不过这三个小混混，于是他只好拼命求救和反抗。科奇的呼叫声惹怒了这三个小混混，被气急了的他们竟然放火点着了科奇的轮椅，然后转身扬长而去。

科奇的双腿无法站立，这样下去即便不被烧死也会重伤，但就在轮椅火势越来越大的时候，神奇的事情发生了，求生的欲望让科奇忘记了自己的双腿不能行走，他竟然瞬间从轮椅上站了起来，跟跟跄跄地走了一条街，然后在街角打电话报了警。

　　警察很快赶到了现场，接着科奇的亲人也赶到了，他们惊讶地发现，此时的科奇正扶着墙站立，而不远处科奇的轮椅则早已被烧成灰烬了。

　　事后，科奇在接受采访时说："如果当时我不逃，就必然被烧伤，甚至被烧死。我忘了一切，一跃而起，拼命逃走。当我终于停下脚步后，才发现自己竟然会走了。"在这之后，科奇重新过上了正常人的生活，他的双腿恢复了知觉，并通过锻炼完全康复了。之后科奇戒掉了酗酒的毛病，找到了一份稳定的工作，并且还能够重新进行登山运动了。

过去不等于未来

19 世纪 20 年代，那正是美国的镀金时代，整个国家的经济高速发展，人民精神昂扬向上。但与此同时，美国民权运动还远没有开展，少数族裔、有色人种、妇女依然是社会歧视的对象。

在这样的社会背景下，田纳西州的一个小镇上有一个姑娘叫凯瑟琳，她从生出来就备受歧视，因为她不但是一个女孩儿，更关键的是她是一个私生女。

在还是孩子的时候，凯瑟琳就觉得自己和别的小朋友不太一样，她没有父亲，为此很多人都以此来嘲笑她，而每当她哭着回家找母亲倾诉委屈的时候，母亲却也陷入沮丧和沉默之中。随着凯瑟琳的长大，她身边的歧视也越来越多，为此她变得越来越懦弱，自我封闭，逃避现实，不愿意与人接触，变得越来越孤独，直到凯瑟琳十四岁那年。

这一年，镇上来了一位牧师，凯瑟琳听母亲说这个牧师非常好。别的孩子一到礼拜天，便跟着自己的父母，手牵手地走进教堂，她很羡慕，于是她就无数次躲在教堂的远处，看着镇上的人兴高采烈地从教堂里出来。终于有一次，她鼓起勇气，等别人都进入教堂以后，偷偷地溜了进去，躲在后排注意倾听。

牧师讲道："过去不等于未来。过去失败了，也不代表未来就会失败。

过去的成功或失败，只是代表过去，未来只能靠现在来决定。我们每个人都要面对现实，都应该重视现在。我们现在干什么，选择什么，决定了我们的未来是什么！失败的人不要气馁，成功的人也不要骄傲。成功和失败都不是最终结果，只是人生过程的一个事件、一段经历。在我们这个世界上，没有永恒的成功人士，也没有永远失败的人。"

凯瑟琳是一个悟性很高的孩子，她被牧师的话深深地震动了，她感到一股暖流在冲击着她冷漠、孤寂的心灵。多年来压抑在凯瑟琳心灵上的陈年冰封被这段话融化了，她终于抑制不住内心的情感，眼泪夺眶而出。

然而，凯瑟琳意识到自己不能留在教堂里哭泣，因为她自认自己不配留在教堂里。提醒自己必须赶快离开了，趁其他人还没有发现自己之前走掉，不然又会招致他们的非议。

但自从发生了这件事之后，教堂在凯瑟琳的心中便成了一个神圣的地方。她时常会偷着跑到教堂里，聆听牧师的声音。

终于有一次，凯瑟琳听得入迷，结果忘记了时间，直到教堂的钟声敲响才猛然惊醒自己还在教堂里，此时他想溜掉已经来不及了。为此，她只好跟随礼拜结束离去的人群，一起朝大门走去。她缓慢地移动着，低着头尾随着人群，生怕被别人发现。

当她就要离开教堂的时候，突然她感觉一只手搭在了她的肩上，她一下子愣在了那里，浑身的血像凝固了一样，从头到脚一阵眩晕。"完了，这一下被人发现了。"凯瑟琳这样想到，她顺者这只搭在肩上的手臂转过头去，迎接她的是牧师和蔼的目光。

牧师温和地问道："你是谁家的孩子呀？"

牧师不知道，这句话正是凯瑟琳童年最大的阴影，她害怕听到这句话，她根本不敢回答，她深深地低下头，眼中的泪水随时都要低落下来。此时，身边的人也停下了脚步，他们都注视着凯瑟琳，整个教堂里一片寂静。

　　凯瑟琳的窘境自然被牧师看在了眼里，他稍微停顿了几秒便弄懂了是怎么回事儿，于是和蔼地说道："哦，我知道了，你是上帝的孩子！"说完，用手抚摸着凯瑟琳的头道。"这里每个人都和你一样，大家都是上帝的孩子！过去不等于未来——不论一个人过去有怎样的不幸，对于她的人生来说这些都是不重要的。重要的是必须要对未来充满希望。现在就做决定，做你想做的人。孩子，人生最重要的不是你从哪里来，而是你要到哪里去，只要你对未来保持希望，你现在就会充满力量。不论你过去怎样，那都已经过去了。只要你调整自己的心态，明确目标，乐观积极的去行动，那么成功就是你的！"

　　牧师的话音刚落，教堂里爆出热烈的掌声，虽然没有人说一句话，但掌声就是对凯瑟琳的理解。此刻，凯瑟琳再也忍不住眼眶中的泪水，她仰起头大哭了起来，只不过现在的泪水中已经没有了委屈，转而变成了幸福和快乐。

　　从那天起凯瑟琳的心态发生了巨大的变化，她告别了懦弱和自闭，开始尝试着和他人交往，渐渐的她成功了。在此后的岁月中，凯瑟琳走上了人生的坦途，她顺利的上完大学成为一名律师，此后还当选过田纳西州的议员，在议员任满卸任之后，她弃政从商，成了一家世界500强企业的总裁。在她70岁的时候，凯瑟琳出版了自己的回忆录，她把回忆录命名为《攀越巅峰》，在这本书的扉页上，凯瑟琳写下了这句话：过去不等于未来！

命运不会放弃你

夏海波，1982 年出生于湖北天门市梅河村，这个出生于农家的少年虽然家境贫困，但学习却非常的刻苦，中考时以全镇第一的成绩考入了当地著名的天门中学。在天门中学，夏海波也一直是年级的尖子生，在高中老师眼中，学习成绩优异的夏海波考清华北大是肯定没问题的。

夏海波从小就热爱文学，他憧憬着自己能够考上一家重点大学的中文系，并在未来的某一天成为一名作家，怀揣着这样的梦想，他努力的学习，并不断磨炼着自己的文笔。然而，正在他憧憬着自己的美好未来的时候，命运无情的打击降临在了他的头上，高二那年，一次偶然的伤痛使得夏海波高烧不退，亲朋好友都纳闷夏海波到底是怎么了？最终，父母将他送到了医院诊治，最后被确诊为类风湿性关节炎。

类风湿性关节炎并不是罕见病，在中老年中十分常见，但夏海波还仅仅是一个十几岁的孩子，居然能够生这种病，实在是命运的作弄。而更残酷的是，夏海波的病症已经超出了正常的范畴，严重到已经影响到了他正常的生活和学习。为了给儿子治病，夏海波的父母四处借债，但疾病非但没有治好，还越来越恶化，渐渐地夏海波的左盆骨明显扭曲变形，左股骨萎缩，双腿膝关节无法弯曲。

厄运把夏海波的大学梦给摧毁了，他知道自己也许再也不可能成为一

名作家了。为了减轻家里的负担，夏海波决定拖着残疾的身体外出打工。2006年他离开家乡，试图找份工作养活自己，然而毕竟拖着一个残疾的身躯，有谁愿意雇佣他呢？但没有工作就没有收入，没有收入自己就得饿死。在无奈之下，他走上街头试图靠乞讨来维持生计。

一般乞丐都会采取坐和跪的方式来乞讨，但这对于夏海波来说都是难以完成的动作。为了显示自己的与众不同，夏海波拄着拐杖，胸前挂着一块写有中英文对照（要饭beg）的纸牌，每天站在熙攘的人群中，大声读着英文。当有人对他感兴趣时，他还会主动地递上一张自己的名片。他的名片上印着"行为艺术家""文学爱好者""人间乞者"之类的头衔，上面有他的博客网址、电子邮箱和QQ号。每天乞讨完后，夏海波都会去网吧，在自己的博客中记下自己每天的经历和感受。因为那个出书的梦想在他心中一直未曾泯灭，虽然连他自己都觉得出书的机会不大了，但如果能够通过博客将自己的文字分享出去，对他来说也未尝不是一种成就。夏海波没有上大学，但文笔还在，他的文章和经历感动了很多人，博客的点击率日渐升高。

后来，有一名记者发现了这个特别的乞丐，就当即拍了几张照片，之后和夏海波长谈了解了事情的原委，然后写了一篇名为《史上最牛乞丐》的新闻稿。这篇新闻一经登出，越来越多的人开始关注这位"最牛乞丐"。而后，在一位出版商的帮助下，夏海波竟然真的出书了。

夏海波将自己几年来每天坚持在博客中记录的感受以名为《乞讨日记》的书的形式印刷了出来，书中讲述了自己两年来的乞讨经历、乞丐的爱情故事，描述了自己这个说英文、发名片、写博客的乞丐的生存方式。在坚持不懈的努力之后，命运又回到了他的身边，他实现了自己作家的梦想。

不知道读者会不会为这样的故事、为夏海波这样一个人所感动，为什么最后夏海波能够实现自己的梦想？因为他坚持不懈的努力。其实一开始

他可能都放弃了自己作家的梦想，他的想法很单纯，只是为了养活自己，但就在一点点的努力中，命运最终眷顾了他。

命运有的时候会对一个人"开玩笑"，但它却绝不会放弃任何一个人，人会哀叹命运，会怨天尤人，会抱怨自己命途多舛，但最终放弃自己的却往往是自己。夏海波的故事为我们诠释了一个道理，只要你不放弃自己，命运也不会放弃你。

一勤无难事

台湾著名商人王永庆有一个口头禅叫"一勤无难事"，这个口头禅可以看作是王永庆一生成功的写照。

15岁的时候，因为家道中落，王永庆被迫辍学出外打工贴补家用，为此他一个人背井离乡来到台湾南部一家米店当小工。

少年的王永庆是一个非常勤快的人，这种勤快在他当小工的时候表现得淋漓尽致。每一天，在完成老板交给他的送米任务之后，他还会主动帮其他人做事，对其他的工作也像分内的工作那样认真负责。

王永庆这种勤奋的工作态度一方面让老板和同事们都非常欣赏，大家都慢慢喜欢上了这个永远也不喊累的小伙计。另一方面，因为从事了很多不同的工作，这也让王永庆渐渐熟悉了米店里的所有工作。上到经营销售、下到收购仓储，在短短几年时间里，几乎所有的流程王永庆都掌握了。

既然已经掌握了全套的流程，王永庆就动起了脑筋。老板开米店做的不过是这些事情，那么自己为什么不能开一家米店呢？于是不久，王永庆回到家中与父亲长谈，他对父亲说出了自己打算开米店的想法。一开始，父亲并没有答应他的请求，因为家中的钱实在是不多，每一笔钱都有最急需的地方，没有多余的钱可以让王永庆去尝试创业。但禁不住王永庆几次三番的恳求，父亲最后终于咬牙同意帮王永庆凑足开米店的本钱，但王永

庆必须保证绝不能失败，因为家里实在栽不起跟斗了。

拿着父亲辛苦凑来的钱，王永庆在家乡嘉义县开了一家小米店。在米店开业的那天，他暗下决心，一定不能失败，一定要用勤奋让家人过上好日子。

然而，做事情是远远要比想事情更难的，刚一开始经营，王永庆的米店就陷入了困境。大米这种粮食虽然是所有家庭都需要的，但也正因为如此，每个家庭几乎都有自己固定的购买大米的商店，只要不是特殊的情况，很少有人愿意更换供应的商店，因此初来乍到的米店很难打开市场。

眼看着米店的生意萧条不振，王永庆又运用起勤奋这一招。从某天清早开始，王永庆一家一家的登门拜访米店周围的家庭，对这些家庭进行一对一的推销，皇天不负有心人，在他的努力之下，终于争取到了几家客户。

有了客户之后，王永庆就开始思考，虽然这些人被自己的上门推销说服，但自己这样的手段只能拉来零星几个客户，想要获得更多的客户光靠推销是不行的，最好的办法就是让自己的米店优于别人的米店。

但当时的台湾尚处于小农作业，大米的质量都非常精良，因此即便收购途径不同，但每家米店的大米的质量都差不多，很难说某一家的大米跟其他米店有极大的差异。在这种情况下，王永庆就把目光盯在了服务上面。他知道，无论是什么样的服务，无非就是一个"勤"字，当时的米店里没有钱雇小工，王永庆就把勤字落实在了自己的身上。于是从那以后，附近的客人就能看到，王永庆总是会帮客人把米中杂物一粒粒拣干净，如果客人不方便，他还能主动上门送货，哪怕是在夜里或者是雨天。

就这样，王永庆细致入微的服务为他赢得了更多的客户，这些人主动替他宣传，米店的生意逐渐好了起来。不久之后，他又将米店扩大，开办了一个小碾米厂。在碾米厂里，他依然保持着勤劳的作风，经常和工人们一起工作，在厂里一待就是十多个小时。那些跟着王永庆从碾米厂时代一

起成长的工人们说，在那个时候他们几乎从来没见到过王永庆休息，他总是比工人们还勤奋地工作着。

也正是靠着这份勤奋，王永庆碾米厂的生意也越来越好，他手里的钱也越来越多。有了钱，王永庆便进一步投资于其他实业，塑胶企业、化纤企业、木材企业、成衣企业……大量的企业被王永庆开办起来，这些企业为他构成了一个商业帝国，此时的王永庆再也不是当年那个在米店打工的小伙计，他成了全台湾的商业偶像、令人瞩目的亿万富翁，但有一点仍然没有改变，那就是他仍然保持着当初的勤奋。

在王永庆的那个年代，少年时和王永庆有一样境遇的人数不胜数，然而他们大多数人都不过是庸庸碌碌，没有谁取得和王永庆一样的成绩。由此可以看出，决定人命运的并不是聪明才智，也不是家世出身，而是人内在的勤奋精神。

酋长的接班人

很久以前，在一个遥远的地方，一个古老的部落已经在这里繁衍了数百年。这一天，部落的酋长已经病入膏肓了，他需要在自己离开人世之前寻找到合格的接班人，带领部落继续繁衍下去。

为此，他找来了部落中身体最健壮，头脑最聪明的三个年轻人。在病榻前，酋长握着他们的手说道："是到了我将部落的前途托付给年轻人的时候了，你们是咱们部落中最优秀的人，在我离开人世之前，我要你们为我做最后一件事。"说着，酋长将手指向北方耸立的大山。

三个年轻人看到远处巍峨的高山，他们知道那是祖先的圣山，但不知道酋长要他们做些什么。酋长接着对他们说"现在，我要你们去到那座圣山，尽其可能地去攀登它，你们要尽其可能爬到最高的、最凌云的地方，那是一个无比美丽的地方。我年轻的时候曾经到过，但现在是没有体力再上去了，你们要尽力到达那里，然后折回来告诉我你们的见闻。"说罢，酋长挥了挥手，让着三个年轻人启程了。

两天之后，第一个年轻人回来了，他笑生双靥，衣履光鲜，在酋长的病榻前，他对酋长说道："酋长，我用尽全力到达山顶了，我看到繁花茂盛，泉水欢腾，那里有小鸟、松鼠，我还看到一只斑驳的野鸡，那真是一个好地方！"

听了他的话，老酋长笑着摇了摇头，说道："孩子，你到达的并不是山顶，而是山麓，那条路我当年也走过，你说的鸟语花香的地方真的很美丽，你已经很不错了，看到了这番美景，现在你回去吧！"说罢，就让那个年轻人回家了。

五六天之后，第二个年轻人也回来了。当他出现在酋长面前的时候，他看上去神情疲惫，一脸的风霜，似乎经历了很多波折。他对酋长说："酋长，我用尽力气到达了山顶，我看到高大的松树，有成块的巨石，我看到秃鹰在天空盘旋，是不是发出一声声响彻云霄的鸣叫，那地方让我心旷神怡，那真是一个好地方。"

酋长听了他的话，失望地摇了摇头，说道："孩子，你已经很努力了，但很可惜！你到达的并不是山顶，而是山腰。我年轻时也到达过你说的地方，那确实如你说的是一个好地方，这难为你了，你现在回家去吧！"

在那之后，酋长便开始等待第三个年轻人的回来。等了很久，在所有人都认为这个年轻人可能是出了什么状况时，这个年轻人一瘸一拐地回来了。

出现在酋长面前的他衣履阑珊，头发枯燥，面露沧桑，一副饥寒交迫的模样，身上还布满了已经凝结的伤痕。这副模样，说他是一个乞丐也有人信，但不同的是，这个年轻人的眼睛却并不呆滞，而是炯炯有神地看着酋长。

"酋长！"年轻人说道，"我终于到达了山顶，但是，我应该怎么说呢？那可并不是你说的美丽的地方！"

酋长问："那么你看到了什么？"

"我只看到蓝天低垂，天底下一切东西都无比的渺小，我只听到狂风在我耳边怒号，除了风声我没有听到任何声音！"

"难道连一片蝴蝶也没有？你连一声鸟叫也没有听到吗？"

"是的，酋长，山顶上一无所有，我所能看到的，只有我自己，而越

是看我自己，我越感觉自己在天地之间是如此的渺小。"

酋长兴奋地拉着年轻人的手说："我真是太为你高兴了，孩子，你到达的真的是山顶，你通过了我们祖先定下的测试，从这一刻开始，你便是我们的新酋长了。"

年轻人愣在了当场，不知道该作何表示。酋长看他这副模样，于是解释道："我们祖先的用意是，只有当一个人感觉到自己的渺小，才能真正体会到生存的艰辛和努力的重要性。当年，我也是这样成为酋长的，现在，该到你接班的时候了！"

说完，老酋长将象征酋长的配饰、手杖都交给了这个年轻人，自己第一个向年轻人行礼，然后又退回了病榻。看着老酋长移交给自己的东西，想起自己在山顶的所见，年轻人顿感肩上承担起了祖先赋予的责任，他立誓不辱使命，一定要带领自己的部落走向辉煌。

泥泞的大路上才能留下痕迹

有这样一个很有慧根的小和尚，很小就被作为住持的师父领进寺庙，因为发现他佛性颇高，师父就有意将他培养成自己的传人，继承自己的衣钵成为寺院的住持。为了锻炼这个小和尚，住持特意决定让他吃点苦，将他派出去做行脚僧。

行脚僧也叫云游僧，就是四处云游，以化缘为生来普及佛法、精进修行的僧人。行脚僧十分非常辛苦的，因此除非是对佛法特别痴迷的人，否则一般人都不会愿意去做行脚僧。

碍于师父的面子，小和尚一开始接受了行脚僧的安排，但师父也看出来，这个小和尚并不满意。果不其然，没过多久这小和尚也和其他人一样厌恶其自己的工作来了。

一天，太阳已上三竿了，小和尚却依旧大睡不起，住持没有看到小和尚出门，于是到了小和尚的禅房，他推开门，只见小和尚在床上呼呼大睡，床边堆放着一大堆破破烂烂的草鞋。

住持叫醒小和尚，问道："你今天怎么不外出化缘，在这里睡起觉来了？还放着这么多的草鞋在床边，你打算做什么？"

小和尚起来打了个哈欠，略带些讽刺地说道："别人一年一双草鞋都

穿不破，我刚剃度几个月就穿烂了这么多的草鞋，我是不是该为庙里节省些鞋子了？"

住持一听就明白了，小和尚这是在对自己抱怨，嫌自己给他分配的工作苦。然而主持却并没有介意，只是微微一笑地说："昨天夜里落了一场雨，你随我到寺前的路上走走吧。"

寺前是一个黄土坡，由于刚下过雨，路面泥泞不堪。两个人走了几步，住持忽然停下拍着小和尚的肩膀说："你是愿意做一天和尚撞一天钟，还是想做一个能光大佛法的名僧？"

"我当然希望能光大佛法，做一代名僧。"小和尚说。

住持捻须一笑："你昨天是否在这条路上走过？"

"当然。"小和尚说。

住持说："那么你给我找出你昨天经过这里的脚印吧。"

小和尚十分不解地说："昨天这路又坦又硬，我哪能找到自己的脚印？"

住持笑了笑，说道："今天我俩在这路上走一遭，你能找到你的脚印吗？"

"当然能了。"小和尚说。

住持听了，微笑着拍了拍小和尚的肩头说："泥泞的路才能留下脚印，世上芸芸众生莫不如此啊。那些一生碌碌无为的人，不经风不沐雨，没有起也没有伏，就像一双脚踩在又坦又硬的大路上，脚步抬起，什么也没有留下。而那些经风沐雨的人，他们在苦难中跋涉不停，就像一双脚行走在泥泞里，他们走远了，但脚印却印证着他们行走的价值。"

听了住持的话，小和尚惭愧地低下了头，他明白了住持这几个月让自己当行脚僧其实是在锻炼自己，让自己有机会成为在灯录上留名的人。从这一天开始，他不再抱怨行脚僧的辛苦，不再向往那自在清闲的岁月，终

于开启了成为名僧的道路。

最艰苦的修行能够磨炼出最睿智的高僧，最艰苦的战场能够培养出最坚强的战士，最苦难的岁月往往能够锻炼出真正的英雄。所以说苦难其实未必就是坏事，坚持走下去，反而可能获得更难能可贵的机会。

第四辑

成功是一扇虚掩着的门

成功是一扇虚掩的门

　　他从小跟着爷爷奶奶一起长大，从未见过自己的父母。在他的记忆里，父母带给他的是"野孩子"的标签和别人无数次地冷嘲热讽。他从来没有问过关于父母的任何事情，而爷爷奶奶也闭口不谈。这样的环境塑造了他内向的性格和很强的独立思考能力。从小学到大学，学习成绩一直名列前茅的他唯一的心愿就是以后找一份好的工作，让爷爷奶奶过上更好的生活。

　　大学四年的时光转瞬即逝，毕业那一年，他四处奔波找工作，可是因为那份从小到大的倔强和固执，他屡屡遭拒。对于面试官的考题，他的回答总是会超出原有答案的范围，在这个被各种规则和条条框框限制的世界里，他就像个异类。然而，这却是他的本性。他一次又一次地向不同的公司投递简历，一遍又一遍地翻看电话，生怕错过任何一个面试的机会。

　　终于，一天傍晚，电话再次响起，对方是之前投递过简历的公司，通知他第二天去面试。年轻人高兴极了，可冷静下来，他又开始担心，害怕结果依旧如之前一样。第二天，他穿着整齐地坐在面试室里，对面的面试官脸上带着微笑。他依旧如从前一样流利地说着自己的看法和意见，面试结束的那一刻，他心里惴惴不安起来。对面的面试官却很和蔼地说道："如果你愿意，明天就可以来上班。"他高兴极了，他找到了他人生中的第一

份工作！

从那栋大厦走出来，他立刻把这个好消息告诉了爷爷奶奶，电话那头的老人也喜极而泣。

工作是充实而忙碌的，他每天都自信满满，埋头苦干。转眼两年过去了，曾经面试他的那位面试官已经升为了公司总经理，而他依旧是个普通的销售业务员。一天，公司召开全体员工大会，大会快结束的时候，总经理叮嘱大家："谁也不许走进公司六楼没有门牌的房间"。他坐在下面不停地想："为什么？不就是一间普通的房间吗？"

大家回到各自的岗位继续工作，可他依旧很不解地思索着总经理的叮嘱。同事们都顺从地不敢踏进那个房间一步，生怕被总经理看见而受到惩罚。而他却不一样，他的固执和那股子犟劲儿又上来了，他不顾一切非要进那个房间去看一看。

他靠近了那个房间，轻轻地一推，门竟然没有上锁，虚掩的门开了。房间里除了一张桌子什么都没有，他走进去一看，桌子上放着一张不大的纸，上面写着："如果你看见了这上面的字，那么请你把这张纸拿到总经理办公室，谢谢！"

他困惑地拿起这张满是灰尘的纸，走进了总经理的办公室，把那张纸放在了办公桌上。还没等总经理开口，他就低着头说道："对不起，总经理，我没有听您的吩咐，私自闯进了那间房间，我愿接受任何惩罚。"

总经理笑了笑说："我没有怪你啊，我还要谢谢你亲自把这张纸条送到我的办公室来。"

第二天，总经理宣布了一个震惊公司上下的消息：他被任命为销售部门经理。望着众人不解的目光，总经理解释道："这位小伙子是全公司唯一一个闯入六楼那间房间的人，他没有被我的叮嘱束缚，而是勇敢地推开了那扇门，走进了'禁区'，这样的开拓精神是我们公司真正需要的。"

后来，他果然没有辜负总经理的期望，公司的销售额一次又一次地刷新纪录，为公司铸就了销售神话，而他也实现了自己的愿望，爷爷奶奶也有了一个安乐幸福的晚年。

其实，成功是一扇虚掩的门，我们要做的就是用勇气和智慧去开启。

爱抱怨的鱼

从前，在一望无际的茫茫大海中生活着一条鱼。它有着彩色的鱼鳞、小巧的身体和美丽的尾巴，海洋里的动物们都夸赞她长得漂亮。

她每天在大海里不停地游呀游，无论她游得有多远，她都感觉自己的世界里除了咸咸的海水和周围如同自己一样的伙伴们外，她什么都没有。

每次遇见同伴，她都会不停地向他们抱怨大海里的生活是多么的无聊，她很想看看大海之外的世界是什么样子。

有一天，当她又在漫无目的地摇摆着尾巴游荡时，突然一张网罩在了她的身上，接着她被一个渔夫打捞上来。鱼儿在离开海面的那一刻高兴极了，她终于结束了大海里无聊的生活，以后就可以自由自在地开始崭新的生活了。

大概是因为鱼儿生的漂亮，渔夫把她带回家后将她放在了一个破鱼缸里，里面除了泛着怪味的海水，连棵水草都没有。"唉，怎么可以这样对我，我这么漂亮，竟然把我放在这个又丑又破的鱼缸里，而且这里的水这么难闻，我都快无法呼吸了……"鱼儿不知道为此抱怨了多久。

当她累得无精打采停下休息的时候忽然看见渔夫走了过来，他把鱼儿从鱼缸里捞出来，然后向鱼缸里放进了新的海水，又顺手把几根水草扔了进去，接着又把鱼儿放回了鱼缸。这会鱼儿突然精神起来，之前的愁闷一下子消失得无影无踪，在鱼缸里欢畅地游来游去。就这样，渔夫每天都会往鱼缸里放些鱼食，鱼儿很高兴，每天吃得饱饱的，不停地晃动身子，美丽的鱼鳞在阳光地照耀下闪着五彩的光，累的时候她就停下来打个盹儿。鱼儿庆幸自己脱离了大海，不然不会有现在这样幸福舒适的生活。

日子一天天地过去，鱼儿在鱼缸里重复着不变的生活。偶尔渔夫会过来逗她一下，但这样的时候却很少，大部分时间里都是鱼儿自顾自地在鱼缸里转了一圈又一圈。渐渐地，她又开始抱怨起来，她嫌渔夫不关心他，怪渔夫不给她找个同伴，就这样又不停地开始厌倦唠叨起这样的生活。

后来，渔夫在一次出海时遇到了暴风雨，再也没有回来。渔夫全家痛苦不已，决定搬离这个伤心之地，到另一个地方开始新的生活。他们带上了渔夫生前喜爱的照片，打鱼时用的渔网，甚至连渔夫的烟斗都被塞进了行李箱。他们几乎打包带走了房子里所有的东西，唯独没有带上那个破鱼缸和鱼缸里面那条漂亮的鱼。

当他们出门那一刻，鱼儿看着那渐行渐远的背影，不停地喊着："别走，别走，带上我，我不想自己待在这儿，别把我丢下！"可就算她喊破了喉咙也无济于事，他们根本听不到她的呼喊。

整间房子就只剩下鱼儿自己了，她看着空荡荡的屋子感到很悲伤，她生气地再次开始抱怨，她开始嫌弃鱼缸太小，抱怨鱼食不够好吃，觉得渔夫的家人对她很无礼，她怪渔夫出海不小心，甚至开始埋怨大海里的那些伙伴，怨他们在自己想离开大海的时候都没有任何挽留和阻拦，她无休止地抱怨自己经历的一切，除了她自己。

慢慢地，她累了。她闭着眼睛一动不动地待在鱼缸的角落里，脑海里浮现出了一幅美丽的画面：一个穿着讲究的人轻轻推开渔夫家的门，发现了破鱼缸里这条美丽的鱼，于是小心翼翼地把她放在装满海水的袋子里，然后把

她带回家养在了家中宽敞明亮的大鱼缸里。那是一个漂亮的鱼缸，里面有假山、有各种各样的水草，最重要的是每天都能吃到美味的鱼虫……

不知道过了多久，窗外的阳光照进屋子。空荡荡的屋子里只剩下角落里的那一只破鱼缸和里面那条一动不动地漂亮的鱼。

抖落掉身上的泥沙

在一个农夫的家里养了一头驴。这头驴个子不高，看起来很瘦小，但就是这样一头驴，却是农夫家里最强壮的劳动力了，这也是农夫从父亲那里继承而来的唯一财产。

驴在农夫家里一直很卖力地工作，春天拉着犁耙耕地，夏天帮农夫运送凉爽的泉水到财主家，秋天帮农夫把农田里成熟的五谷杂粮送到家，冬天驮着干柴风雪无阻的在家与市集的路上穿梭。在农夫看来，驴子已经成了他家里最重要的一员，而驴子也很庆幸自己可以和老实善良的农夫一家相依为命。

又是一个寒冬，窗外飘着大片大片的雪花，呼呼的北风不断地咆哮着。在闪着火光的屋子里，妻子对农夫说："天气这么不好，要不明天就别去市集上卖柴了。等天气暖一暖再说吧。"农夫深深地吧嗒一口旱烟，叹了口气说道："没事，还是去吧，回头好把上个月借东家的钱给还上。"第二天一大早，农夫便早早起床喂了驴子，然后将一大捆干柴放在它的背上，牵着驴子踏着厚厚的积雪向市集走去。因为雪天路滑，快到晌午的时候农夫才赶到市集，他把木柴从驴子身上卸下来放在旁边便开始叫卖，没过多久木柴就被人全部买走了，农夫高兴地拍了拍驴子说道："老伙计，今天又谢谢你了。"说完便牵着驴子往家赶。回去的路越发不好走，农夫牵着

驴子慢慢地向前挪着，走到村口的时候天已经黑了。眼看就要到家了，可驴子脚底下忽然一打滑，不小心掉进了旁边的枯井里。

农夫吓了一跳，他拽了几次缰绳都没能把驴子拉上来，于是站在枯井旁便大喊起来，周围的人们听见驴子的叫声和农夫的求救声后便拿着灯火纷纷赶来。那是一口很深的枯井，瘦小的驴子正在枯井里面瑟瑟发抖，并且仰着头不停地叫着。可是人们想了很多办法都没能把驴子从枯井中解救出来，再加上夜晚太冷，大家都劝农夫放弃驴子，毕竟驴子年纪也大了，不值得再浪费人力物力财力，大费周章地救它出来。农夫一个人站在枯井边想了好久，然后对着里面的驴子说起话来。枯井里的驴子不再叫了，而是很认真地听农夫讲话，好像主人的每一句话它都能听懂。农夫和驴子似乎都忘记了寒夜里彻骨的寒冷，农夫整整陪了驴子一夜。

第二天太阳升起的时候，农夫将手里的缰绳扔进枯井，回到家取来了一把铁锹并叫上几个邻居一起帮忙，他不想让驴子的生命在枯井中一点点耗尽。他决定将枯井填满，当作驴子的坟墓。农夫和邻居们开始将泥土铲到枯井之中，驴子似乎明白了农夫的用意，站在井底出奇安静。过了许久，农夫不忍心想再看看驴子，让他吃惊的是，驴子正在抖落身上的泥土，它的脚下是泥土堆，现在驴子已经离井底有些距离了。农夫高兴地叫起来，然后使劲地往里面铲泥土。就这样，驴子将大家铲倒在它身上的泥土一次又一次地抖落下来，然后再站上去。只用了几个小时，枯井里就被泥土填满了，就这样驴子从枯井中走出来了。

从那以后，方圆百里都知道了驴子自救的事情，农夫家的这头驴子也成了大家眼中最聪明的动物。

生活中，我们应该向这头聪明的驴子学习，在必要时抖落掉身上的"泥沙"，给生命一个新的起点。

坚强地站起来

我们常常会听见有人抱怨上天的不公、命运的坎坷，却经常忘记了自己该做什么，最终在碌碌无为中度过余生。而有这样一个女孩，似乎是被上天遗忘了，一切的美好对她来说都那么遥不可及，可她却在命运的旋涡中努力挣扎，坚强地站了起来，为自己打开了一扇有着别样风景的窗。

女孩从小就患上了脑性麻痹症，六岁时仍无法走路。她的大脑无法支配自己的身体，四肢处于失衡状态，双手时不时地就自己动起来，嘴巴里还会经常莫名其妙地念叨着模糊不清的词语，她常常被人当成怪物，经常受到人们的嘲讽和讥笑，但没有人想过这样的一个女孩竟然会活成后来的样子。

孩子无论怎样都是父母的心头肉，女孩的父母慢慢地接受了残酷的事实，小心翼翼地悉心照顾着女儿，他们每天都向上天祷告，不奢望女儿完全的好起来，只求在他们离开人世的时候可以让她剩下的生命得到很好的照顾。果然，女孩的身体奇迹般地发生了变化，她的四肢渐渐有了力量，接着自己可以吃饭，她开始不停地靠着仅有的力量支撑起自己的身体，无数次尝试，无数次跌倒，最后她的双腿终于可以支撑起了身体，她坚强地站了起来。在后来的锻炼中，她站立的时间一次比一次长，不久她竟然可以一拐一瘸地迈出了人生的第一步。

女孩越来越自信并渐渐地对生活充满了希望，虽然她仍要忍受异样的目光和嘲笑，但生命的那缕阳光已经把她的人生照亮。她开始有了梦想，立志长大以后要当一名画家，用画笔画出世界上所有美丽的颜色。可上学对异于常人的她来说却是一件难事。刚开始她连笔都拿不住，母亲总是握着她的手，不停地让她练习，一写就是大半天，有时候手都磨出水泡，但她仍咬牙坚持。一年以后，女孩终于学会了写字。从那以后，笔成了她的嘴巴，成了她梦想的支撑，她开始勾画生活中所有美好的东西，五彩缤纷的世界使她犹如小鸟一样欢呼雀跃起来。经过不断地练习，她画的画越来越好，越来越生动，最终考上了美国的一所大学并拿到了艺术博士学位，成了一名真正的画家。没有人能想象出她经历多少才将人生走出这番景象，也没有人能明白每一幅画背后的苦难与艰辛。

女孩把苦难的生活过成了诗一般的日子。有一次，有一个学生好奇地问她："博士，您从小就是这样，没有认为老天对您不公平吗？难道您就一点都没有怨恨过生活吗？"这样的问题对她来说是那样的尖锐和苛刻。但她却笑了笑，转身用粉笔在黑板上写道："一、我很可爱；二、我的腿很长很美；三、我的爸爸妈妈很爱我；四、我会画画也会写稿；五、我有一只可爱的猫我……我只看所拥有的，不看我所没有的。"女孩是那么的理直气壮地热爱着生活。

很多年以后，女孩回忆起自己站起来的那一刻依然会感动地落泪，如果没有那一次的坚强与勇敢，也许她的生活就不会像现在这般色彩斑斓。生活中，无论有多不幸，都要支撑着自己站起来，勇敢的义无反顾地走下去。

忘记过去重新开始

曾经有一片广袤的大森林，森林里自西向东的长河蜿蜒地流向远方，河流的两岸生活着两个部落群体，他们井水不犯河水，相安无事地生活了很久很久。

一天，南岸的部落首领眼看就要离开人世了，在临死前他将首领的位置传给了他唯一的儿子。于是，这位新上任的部落首领开始了奢靡的生活，部落里的人民开始了噩梦般的日子。他凭借手中的权力整日花天酒地，蹂躏民众，甚至在两岸和平相处了几百年以后挑起了战争。由于他的残暴统治和好战的本性，整个部落都笼罩在一片阴云之中，大家的怨恨和不满与日俱增。终于，在与对岸部落的又一次大战中，残暴的首领被擒了，对岸的首领决定在第三天处决他，但在他临死前会给他一天的自由活动时间，而活动的范围是一片宽广的绿草地。

第二天，他站在无际的草地上望着四周，感觉空荡荡的，觉得自己像个被世界抛弃的孤儿。他回忆起了自己曾经锦衣玉食的舒适生活，想起了自己部落里那些勤劳善良的子民，想起了那些因为战争而战死的勇士，不知不觉他竟然有眼泪掉下来。"如果让我重新再活一次，我绝对不会活成现在这个样子。真希望上帝给我个机会，让我弥补之前的过失。"他心里不停地忏悔着，开始在草地上漫无目的地行走。他走着走着，忽然看见一

群衣衫褴褛的人围着火堆取暖，他觉得他们很可怜，于是就把自己头顶上的珍珠摘下来送给了他们。接着他继续向前走，忽然他又遇见了一个摔倒在地的小女孩，他赶忙跑过去扶起了她，并帮她把衣服上的草屑拍掉。他继续走着，看见不远处有一头迷路的小山羊，正在"咩咩"地叫着找妈妈，他跑过去牵着小山羊，最终找到了失散的羊群，把小山羊送回到了妈妈身边……就这样，他一边走一边帮助有困难的人和动物，不知道为什么，他内心竟然如此的温暖和平静，甚至对于即将来临的死亡没有了恐慌和畏惧。

　　行刑的时刻终于还是到来了，他闭上眼睛，等待自己生命结束的那一刻。但过了好久，他依然能听见周围人们的窃窃私语声，他不禁睁开眼睛，看见对岸部落的首领正向他走来，拿着刀的刽子手一动不动地站在身边。对岸部落的首领微笑着对他说："我很庆幸自己给了你一天的自由时间，你在大草地上做的每件事情都闪着善良的光辉，这也使我重新认识了你，我想你也重新认识了自己。希望以后我们两个部落能够和睦相处，让各自的子民都过上幸福安康的生活。你觉得如何？"南岸部落的首领感激地点了点头，接着他被人送回到了自己的部落。

　　从那以后，南岸的部落首领告别了残暴、奢侈的生活，他对人友善，勤政爱民，整个部落又恢复了往日的繁盛。他与友好邻邦，对岸部落建立了融洽的关系，两个部落的人民再也没有发生过战争，彼此和平祥和地生活在森林里。

　　今天是昨天的结束，也是明天的开始。人生就是一个不断重新开始的过程，无论昨天是成功还是失败，我们要做的就是带着梦想一路向前，去迎接新的希望和美好。

暴风雪的吻痕

美国西部的高原地区，有一个很大的农场，农场里有一个苹果园。这个苹果园是农场主最喜爱的地方，因为那一个个又大又圆的苹果，不仅每年都会给他带来丰厚的利润，还成为农场里一道最美的风景。农场主每年都会找最好的工人给这些苹果树修剪枝丫、喷洒农药、浇水施肥。因此，果园里的苹果一年比一年长的好。

因为农场主种植的苹果色泽红润、香甜可口，所以年年都供不应求。为了满足顾客的需求，农场主扩大了苹果园的种植面积，开始更加井然有序地管理苹果园，他在苹果园里新建了库房、水窖、休息室，还专门雇用了两个人轮流看管果园。除此之外，他还经常聘请专业的技术人员来果园进行技术指导。慢慢地，苹果园的利润占据了农场大部分的收入，农场主经常因自己的这片果园感到无比得意。

转眼又一个秋天来临了，苹果园里又是一片丰收的景象。看着那么多美味的苹果，农场主突然有了一个好主意，他让工人们在苹果装箱的时候多加了一道工序，就是在每箱苹果上都贴上一句别有趣味的广告词："亲爱的顾客，如果您对苹果有什么不满之处，请您联系我（电话在箱底），但苹果不必退回。"没想到这样的一句广告词不仅使当年的苹果售之一空，更重要的是竟然有很多顾客打来电话预定。农场主以诚信的经营和高原苹

果的美味，赢得了各地顾客的信任和青睐。

然而，意外和困境总是与生活的一帆风顺相伴而来。有一年秋天，因为妻子生了一场大病，农场主无暇照顾苹果园，使苹果的采摘日期延迟了。加上那年天气异常寒冷，竟然在一夜之间狂风大作，期间还夹带着冰雹。结果原本又红又大的苹果被这场突如其来的冰雹砸得遍体鳞伤。对于农场主来说，这无疑是毁灭性的灾难，即使他再怎么后悔和懊恼也无济于事。看着满树伤痕累累的苹果，农场主渐渐地冷静下来，他开始思考怎样才能把这些苹果销售出去。正在他绞尽脑汁地思考时，树上的苹果不小心掉到了他眼前。他弯腰捡起摔烂的苹果，用手擦了擦放进嘴里咬了一口，令他惊讶的是，苹果的味道竟然没有丝毫改变，甚至比以前还要香脆。他赶忙给技术人员打电话询问原因，技术员的回答是这样的，因为推迟了苹果的采摘日期，所以苹果接受日照的时间就更长，因此越发清脆香甜。这让农场主大喜，只要美味还在，就不愁苹果卖不出去。他让工人小心翼翼地将苹果放进保鲜袋里，然后在每个保鲜袋上依旧贴上广告词，只是这次的广告词换成了这样的内容："亲爱的顾客们，你们注意到我们脸上的一道道伤痕了吗？这是上帝馈赠给我们的吻痕，只在常有冰雹的高原上生长的苹果才会有这样美丽吻痕，这是我们独一无二的印记。美味香甜、无污染是我们独特的风味，请记住我们的正宗商标——伤疤！"最终，农场主不仅挽回了狂风和冰雹带来的损失，还因为这别出心裁的创意广告语获得了比往年更大的利润。

有时候，残缺也是一种独有的美丽！

用微笑将痛苦埋藏

在美国的一座山丘上，有一间特殊的房子，它不含任何有毒物质，完全是由自然物质搭建而成。房子的主人叫辛蒂。她有着一个让人心酸而钦佩的人生。

辛蒂从小就是个乐观开朗的姑娘，她的梦想是长大以后当一名拯救生命的医生。于是她刻苦读书，终于如愿以偿地考上了梦寐以求的医科大学。可当她觉得梦想触手可及的时候，上帝却一下子把她所有的期盼捏得粉碎。

那一天，她到学校附近的山上散步，一时没注意，几只蚜虫黏在衣服上被她带了回来。直到回到宿舍辛蒂才发现它们，于是她拿起杀虫剂喷向蚜虫，正在这时，辛蒂的身体感到一阵强烈的痉挛。令她没有想到的是，自己以后的人生就在这一天被彻底改变了。强烈的痉挛仅仅是噩梦的开始，紧接着她对香水、沐浴乳等日常用品一律过敏，甚至连空气都会引发她支气管发炎。原来，用来喷灭蚜虫的杀虫剂内含有的化学物质破坏了辛蒂的免疫系统，使她患上了无药可医的"多重化学物质过敏症慢性病"。

开始的几年里，辛蒂经历了常人难以忍受的痛苦和折磨。因为病情不断加重，她睡觉时会直流口水，尿液也变成了绿色，背部因为汗水和其他排泄物的刺激形成了很多疤痕，对她来说周围几乎所有的东西都是威胁生命的有毒物，甚至连眼里流出的泪水都可能成为威胁她生命的毒素。她只

能喝蒸馏水，食物也要经过特殊处理才能送进嘴里。在她患病的第四年，家人决定为她建造一个可以阻挡任何威胁的空间，于是就有了山丘上那间特殊的房子，房子里唯一能和外界联系的东西就是一台传真机。从那以后，这个命运多舛的姑娘就一直孤独地住在这个近乎密闭的空间里，再也没有见过外面世界的色彩斑斓，没有听过鸟语虫鸣的美妙声音，感觉不到阳光的温暖和冬夜的寒冷。她成了一个与世隔绝的人。

开始的时候，辛蒂几近崩溃，这样的生活甚至比死还要难受，可是在家人的陪伴和鼓励下，她慢慢地习惯了自己和那间屋子，并开始从自暴自弃中走出来，她对自己说："既然不能流泪，那就微笑吧！"从此，每当身体疼痛或者心情不好的时候，她都努力让自己嘴角上扬，因为这个动作可以让她忘记所有的苦难和疼痛，可以给她坚持下去的无尽勇气和强大动力，更会让她在人生的灰暗里挖掘出生命的无限能量。微笑让她越来越坦然地面对所有，并努力让困境中的自己活得精彩。她在孤独中创立了"环境接触研究网"和"化学伤害资讯网"，为更多像她一样的化学污染物牺牲者争取利益，也努力让更多的生命免受威胁。她的想法和实践得到了世界各地很多人的支持，甚至还得到了美国国会、欧盟及联合国的帮助。

辛蒂历经磨难，在饱受病痛和无尽的孤独之后能够勇敢地面对现实，用微笑把所有的痛苦埋葬，重见生命的阳光，为自己创造了别样的人生。

幸福有时候只需要一个微笑而已。

改变一生的抉择

20世纪80年代，在四川成都的乡下村庄里，有两个年轻人，一天他们相约外出打工，都想在外面的世界闯出自己的一番天地。其中一个想去上海，而另一个想去北京。

两个年轻人买完火车票坐在人头攒动的候车室里等车。他们环顾着宽敞的候车室，一想到自己马上可以到大城市去看看，内心就无比激动兴奋。两个年轻人在候车室里有一搭没一搭地闲聊着。忽然邻座的一个中年人转过身对他们说："看你们的样子，应该是第一次出远门吧。你们打算去哪里啊？"打算去北京的年轻人答道："我们是第一次去远门，想去外面闯闯，我打算去北京，他打算去上海"。中年男人笑了笑说："上海是国际大都市啊，不过上海人都很精明，外地人到了那儿问个路他们都要钱，一点都不厚道；不过北京就好多了，那是咱们国家的首都，发展也很好，而且北京人特别质朴，在马路上遇见吃不上饭的乞丐，他们有的给钱，有的给馒头，甚至有些大妈还会把家里的旧衣服拿出来送给乞丐。"这时，打算去上海的人心里想："那我还是去北京吧，即使到了那里挣不到钱，但起码也不会饿死。"他庆幸自己还没坐上去上海的火车。而打算去北京的年轻人也在心里犹豫起来："上海的机会果然很多，连给人带路都能挣到钱，那我还是把票改成去上海的吧！"他们一起起身异口同声地对彼此说道："我

想去换票。"就这样，去上海的人得到了去北京的票，去北京的人也如愿地有了去上海的票，而这样的一个决定，改变了两个人的一生。

他们乘着搭载自己梦想的列车来到了他们最终选择的城市。去北京的人站在北京的高楼大厦间望着周围穿梭的人群，和身边面带微笑的那些面孔，他更加坚定自己的选择是正确的。他初到北京的一个月，什么工作都没有找到。真的如那位中年人所说，即便他没有赚到钱却也没被饿到。不仅可以在银行大厅里喝到免费的水，还能在大商场里吃到免费的点心。来到上海的年轻人也发现中年人说的话是正确的，上海真的是一个做什么都可以赚到钱的城市。他在初到上海的那些日子，尝试过多种赚钱的方式。刚开始，他用半个月的时间去了解和熟悉上海的大街小巷，然后真的靠给人带路赚了一些钱。接着他用赚来的钱租了一个路边厕所，靠着开厕所赚钱。甚至在炎热的夏季，他弄盆凉水供过路人洗脸都能赚到钱。他渐渐发现只要动脑筋想点办法再花点力气，在上海做什么都能有所收获。后来，凭着他在乡下对泥土的认识，他把含有沙子和树叶的土以"花盆土"的名义向上海人兜售。一年以后，"花盆土"的热销竟然使他在上海拥有了一间属于自己的小门面。

第二年，到北京的年轻人依旧四处游荡，居无定所，而上海的那个年轻人又发现了新的赚钱渠道：他买了人字梯、水桶和抹布，专门为各大公司擦洗招牌，渐渐地，他的小型清洗公司也初具规模。

有一天，上海的年轻人坐着火车去北京考察市场，在列车上他忽然想起了当年和自己一起出来的伙伴，几年没有联系，不知道他在北京过得怎么样。回来在车站候车室等车的时候，一个穿着褴褛的人向他走来，想要他手里的饮料瓶，就在递瓶的瞬间两个人都愣住了，他们望着彼此一言未发，脑海里浮现的是当年那个候车室里两个年轻人换票的场景。

不要为明天的落叶烦恼

有一个小和尚，从小就跟着老和尚诵经念佛。小和尚对这一成不变的生活感到一丝烦躁。新的一天刚刚到来，他就开始因为明天也要重复现在的事情而烦闷不已。

一天，小和尚吃完晚饭要去禅房，在半路遇见正在打扫落叶的小师兄。他走上前说道："小师兄，小师兄，你每天都打扫落叶难道不感到心烦吗？"小师兄答道："我每天打扫是因为每天都有叶子飘落下来，有什么可烦恼的呢？而且有时候是很有趣的，因为我可以收集到很多美丽的叶子。"小和尚听完顺手捡起了一片落叶，细细一看，这片叶子果然很别致。于是到了第二天，小和尚来到老和尚的房里，对老和尚说："师傅，我终日都诵念相同的内容，每天的生活都是重复前一天的事，我心里很烦闷，能不能让我再做点别的事情，那样一天下来就不会这么无趣了。""那你想做什么事情呢？"老和尚问道。小和尚兴奋地说："让我去打扫大厅前古树底下的落叶吧！"老和尚笑了笑认真地说："那棵古树有上百年了，每到秋天来临之际，叶子会落得满地都是，把那么多的叶子清扫干净，你确定你能做到吗？""师傅，我能做到，我一定会让古树底下每天都干干净净的。"小和尚特别自信的回答。老和尚点了点头，接着对他说："你去打扫倒是

可以，但是必须要很早起床，香客们来之前必须要打扫干净，而且你要一直做下去，直到有人愿意接替你为止。"就这样，以后的日子，小和尚除了每天念诵佛经，还要去清扫古树底下的落叶。开始的那段时间里，小和尚扫得不亦乐乎，每天都能找到叶脉奇特值得收藏的叶子。

然而，没过多久，小和尚又开始烦闷起来，再次觉得生活很无趣。他认为每天天不亮就起床打扫落叶实在是一件苦差事。特别是在秋冬季节，只要有风，树叶就会一片片地落下。每天早上，小和尚都要花费很大的工夫才能将树叶全部清扫干净。这让小和尚甚是苦恼，他特别想找个办法让自己能够轻松些。他苦思冥想了好久，终于有了主意。第二天，他像往常一样早早起床来到古树底下，手里拿着一根长长的竹竿，他举着竹竿不停地拍打古树的枝干，数不清的叶子开始飘落下来。他觉得差不多了，便拿起扫把清扫刚刚拍打下来的落叶。小和尚一边清扫一边得意地想："我真聪明，想出了这个好办法，把古树的叶子一下子都拍打下来了。把今天和明天的落叶一次扫干净了，这样明天就可以不用辛苦地早起了。"想到这，小和尚更加得意起来，一整天都开心极了。

第二天，小和尚真的没有早起，直到小师兄叫他赶紧起床去清扫落叶。小和尚打着哈欠揉着双眼来到古树底下，他睁开眼一看，依旧是满地的落叶。小和尚只好无奈地拿起扫把又扫了起来。

没过一会儿，老和尚走了过来，对他意味深长地说道："傻孩子，无论今天怎么用力地让古树的叶子掉下来，可明天树叶依旧会飘落满地。该来的终究会来，没有必要为明天秋风中的满地落叶而烦恼。过好今天才是最重要的，何必要因为明天而徒增烦恼呢？"说完，老和尚向大厅走去，小和尚望着一片片飘落的树叶，若有所思地站在古树底下。

苍蝇与冠军

算算日子，他已经离开学校一年了。这一年里，他对待工作兢兢业业，对待领导恭敬有加，对待同事和善友爱，可让他不解、甚至有些郁闷的是这次公司发放的奖金他竟然比别人少了很多。他拖着疲惫的身体回到家，整个晚上都把自己关在屋子里。

晚饭过后，母亲不放心儿子，便叫父亲去瞧瞧。父亲推开门，见儿子躺在床上看着天花板发呆，便在他身边坐下来，问发生了什么事。他坐起来，把公司发奖金的事告诉了父亲。父亲听后笑了笑，然后给他讲了一个这样的故事。

那是一场举世瞩目的世界台球冠军争夺赛。上一届的世界冠军又一次遥遥领先，只要把最后的主球打进球洞，他就会再一次成为冠军。可就在这个时候，不知从哪儿飞来了一只苍蝇，落在了他握杆的手臂上，因为有些痒，于是他停下来赶走了苍蝇。他又一次弯下腰准备击球，可苍蝇又飞回来了，落在了主球上，他挥手又将苍蝇赶走了。他深吸了一口气准备再次击球，可让人意想不到的是，这只可恶的苍蝇又嗡嗡地飞回来了，在他眼前不停地晃悠，阻挡了他的视线。他生气地放下球杆，用两只手挥打这只让人厌恶的苍蝇，他的额头上已经冒出了汗珠，四周的观众台上发出了

阵阵笑声，直到他第三次拿起球杆准备击球时，笑声才停止。当他瞄准主球正要击球时，发现那只苍蝇竟然又趴在了主球上。他简直恨死这只讨厌的苍蝇了，他怒不可遏的用球杆去驱赶苍蝇，可因为用力过大，球杆把主球碰动了。就这样，他失去了夺冠的机会，在接下来的比赛中，对手越战越勇，一口气把所有的球都打进球洞，成了新的世界冠军。

过了很多年后，这个因为苍蝇而失去卫冕冠军机会的球手一直对此耿耿于怀，苍蝇成了他此生最憎恨的东西。其实如果他当时能够不气不惊地忽略这只苍蝇，可能结局就会变成他想看到的样子。

说到这，父亲看了看身边的儿子，继续语重心长地说："我们的生活里更是会经常遇见故事里这样让人讨厌的'苍蝇'。就拿你现在来说，不正是有一只'苍蝇'在影响你的情绪，动摇你的信心，击退你的斗志吗？如果你盯着芝麻忘了西瓜，事情的结果肯定不妙。我们要做的就是朝着目标义无反顾地向前，那讨厌的'苍蝇'自然会不撵自飞……"

他抬起头正好遇上父亲的目光，那目光里饱含着父亲对自己的信任和支持，从父亲慈祥的面容里，他似乎又重新找到了自信和勇气。

第二天他早早起床，精神抖擞地来到了公司。仿佛昨天奖金一事没有发生过一样，他继续认真工作，微笑待人，甚至比以前更加阳光。他不再因小事让自己困扰，只求无愧于心地做好每一件事。没过多久，他的奖金不仅回来了，甚至还被公司老总升职做了部门经理。

当身边的同事谈论着他多么有本事的时候，只有他自己明白，其实只是从父亲讲的那个故事里学会了心有静气，忽略了那些"苍蝇"而已。

翩翩起舞的骆驼

清早的森林里，空气弥漫着青草花香的味道，阳光从天空倾洒下来，新的一天又开始了。森林播音员小喜鹊又开始了一天的广播。她一边飞一边喊道："孔雀姐姐办了舞蹈班，希望大家踊跃报名啊……"小喜鹊从森林的东边飞到西边，飞过望不到边的草地，越过高耸的群山，最后来到了骆驼们生活的那片沙地。她站在枯树枝上，用有些干涩的嗓子继续向大家广播孔雀办舞蹈班的事情，说完后还没来得及歇一会就又飞走了。

一只小骆驼和妈妈一起散步正好听到了这个消息，他兴奋极了。对妈妈说："妈妈，我也想学习跳舞。"骆驼妈妈慈爱地看着他说："亲爱的宝贝，你不能学习跳舞，而且就算你学了也学不会。我们背部弯弓，圆滚滚的凹凸不平，从没有听说过有哪只骆驼会跳舞的，我们骆驼世代都生活在沙漠里，做'沙漠之舟'就是我们的宿命！"小骆驼仍旧坚持地说道："因为之前没有骆驼会跳舞，所以我更应该去学习，成为第一只会跳舞的骆驼。"骆驼妈妈不想残忍的粉碎小骆驼的希望，就无奈地答应了他，并把他送到了孔雀这里。

孔雀学校里聚集了很多动物，有百灵鸟、野鸡、蝴蝶、兔子……他们都争先恐后地要跟孔雀姐姐学习跳舞。孔雀站在小动物们中间，仔细打量着他们。一眼就看到了高大的小骆驼，孔雀走到他跟前遗憾地对他说："你

还是回家吧，你的身材不适合跳舞。""孔雀姐姐，你就收下我吧，我真的很想跳舞，我会很努力的学习的。"小骆驼乞求地说道。孔雀看着小骆驼想了一会儿，然后严肃地对他说："既然你这么想学习跳舞，那我可以教你，不过在你学习跳舞之前你必须要减肥，减掉五十磅你再来吧！"就这样小骆驼灰溜溜地回到了家，他下定决心减肥，即使母亲再怎么劝都没有用。他不吃不喝了半个月，真的瘦了，而且比孔雀要求的还瘦了十磅。原本孔雀只是找个理由拒绝小骆驼，可是没想到他真的做到了。没办法，孔雀只能收下了他，并耐心地开始教他跳舞。

小骆驼从最初的舞步开始，然后是单腿站立、伸前臂、抬后脚。无数次地跌倒再无数次地爬起来，他的脚起了泡，浑身酸疼不已，但是从未想过停下不练。除了身体的不适，他还要承受其他动物们的嘲笑和讥讽，可即便这样他都没有一点退缩，他默默地坚持着。慢慢地，动物们似乎习惯了这只固执的骆驼，甚至都想看一看小骆驼最终能不能学会跳舞。

一年很快就过去了，新年来临之际，森林里要举行一场盛大的晚会，舞蹈班的小动物们都兴奋地等待着这一天的到来，因为那一天他们都要登台表演。

晚会如期举行，小动物们紧张而兴奋的表演着，台下不时传来一阵阵热烈的掌声。终于轮到小骆驼了，伴着优美动听的音乐，他踮起脚慢慢步入舞台。他优雅地旋转、抬腿、点地、仰头，每个动作看起来都那么标准到位。一场舞结束，台下想起了雷鸣般的掌声，甚至有声音在喊："骆驼再来一个，再来一个。"小骆驼看着大家那样兴奋和高兴，忽然觉得自己的坚持是对的。

虽然骆驼的舞姿永远都没有孔雀那么优美，但从那以后森林里的动物们见到小骆驼再也没有了嘲笑，他们都觉得他很了不起，竟然成了第一只会跳舞的骆驼。

抓住生命的藤蔓

在一座很高很高的大山上，住着一位神医。神医有两个徒弟，一个又高又胖，另一个则体弱瘦小，他们除了跟着师傅学习各种医术以外，还经常一起上山采药。

一天，两个徒弟又一起背着背篓去山上采药，瘦小的徒弟走在前面，又高又大的徒弟走在后面。山路陡而滑，瘦徒弟边走边抱怨："每次采药都要爬这么高的山，山路还这么难走，这样的日子什么时候才能到头啊。"后面的胖徒弟安慰道："师傅让我们上山采药是想让我们能够认识和区别更多的药材，只有这样我们以后才能成为一名合格的医者呀。"瘦徒弟听完嘴里嘟囔着继续往前走，走着走着，脚下一滑，身体向后一倾从山上滚了下来，正好撞到了身后的胖徒弟。两个人就这样从山坡上一直向下翻滚着翻滚着……

不知道过了多久，胖徒弟睁开眼睛，感觉浑身都在疼，他发现自己被挂在了一棵树上，脚下竟然是万丈深渊。胖徒弟环顾四周，发现瘦徒弟在他旁边的小树上晕过去了，他不停地喊，终于把他喊醒了。瘦徒弟迷糊地看着周围的一切，害怕的叫喊着："天啊，吓死我了，我怎么掉到了这里，挂在这么小的树上，要是小树支撑不住怎么办，我肯定会摔死的。"一边

的胖徒弟对他说："你别泄气，我们在这已经这么久了，师傅发现我们没有按时回去肯定会来找我们，他一定会来救我们的，再坚持坚持就好了。我们一起喊救命吧，没准谁会听到呢。"说完胖徒弟拼命地喊着"救命"。又过了好久，见没人来救他们，瘦徒弟悲伤地说："我们喊的嗓子都破了，可是一个人都没来，看来我们注定会饿死冻死在这儿了，况且这小树支撑不了我们多久……"说着说着竟然抽泣起来。胖徒弟看着伤心的同伴，安慰道："我们肯定不会死在这里的，师傅一定会来救我们的。你先闭上眼睛歇会，别浪费太多体力。"说完，自己也闭上了眼睛，没过多久就睡着了。

突然，他听见有人在叫自己，以为是在做梦，揉了揉眼睛仔细地听了一会儿，真的是有人在喊，而且声音越来越近，他用尽全身的力气回应着那个声音。过了一会，他听见师傅的声音，抬头一看，真的是师傅。他对瘦徒弟喊道："快醒醒，快醒醒，师傅来救我们了。"瘦徒弟无精打采地睁开眼睛，看见师父一个劲地喊："师傅你可来了，快来救我，快来救我。"

神医从悬崖边上折了一些藤条拴在一起，结成了两根很长很长的藤条绳，他将两根藤条的这头拴在了一块大石头上，另外两头扔了下去，两个徒弟一人一根。

胖徒弟一把抓住藤条，没有多想，用尽所有的力气不停地往上爬，不一会就爬了上去，见到了师傅，立刻跪下来感谢师傅的救命之恩。

瘦徒弟看着师傅扔下的藤条心里开始埋怨起来："师傅怎么给我一根这么细的藤条，万一我顺着爬上去半路断了怎么办，我岂不会摔的更惨。"接着，他看向胖徒弟那边的藤条，心里想："他那么胖都能上去，那跟藤条也一定能承受我的重量，我得到那棵树上去取那根藤条。"

他慢慢地移动，当他终于抓住了胖徒弟的那个藤条时，只听"咔嚓"一声，那根救命的藤条断了，瘦徒弟掉进了深渊。

装满石头的背篓

相传，在一个美丽的山谷里，有很多很多色彩漂亮的石头，每块石头都是天底下独一无二地存在，它们代表着不同的人生需求，得到石头的人很快就会拥有这块石头所代表的东西。

两兄弟从一个老者那里听到了这个传说，并听说真的有人找到了这个山谷，拿走了自己需要的彩色石头，于是便相约要一起去寻找彩石。第二天，他们真的背起背篓上路了。

两个年轻人翻山越岭、跋山涉水地走了很久很久，每到一处有人家的地方便停下来打听有关山谷和彩石的事情。他们边走边打听，整整过了七天七夜，眼看带的干粮和水都要光了。哥哥说道："也许这就是个传说，有着彩石的山谷根本不存在，要不我们还是回去吧。""之前路上遇到的大爷不是说翻过了那座山就到了吗？我们再坚持一下，我相信肯定会找到的。"弟弟指着不远处的那座高山说道。于是，他们继续相互搀扶着向那座山走去。又过了两天，终于就要到山顶了。他们努力地向上爬，爬到山顶的时候，弟弟指着山脚下的山谷兴奋地喊着："哥哥，快看，好漂亮啊"。哥哥顺着弟弟指的方向看去，一下子呆住了。那里不是山谷，简直是人间天堂，到处都盛开着美丽的花朵，五色的彩蝶在

翩翩起舞，一条蓝色的河流沿着山谷蜿蜒地流淌，山谷中彩色的石头在阳光的照射下发着耀眼的光辉。

两兄弟一路跑下山来到山谷，开始高兴地捡着彩石。他们沉浸在捡彩石的兴奋与喜悦中，竟不知不觉地忘记了时间，转眼天就要黑了，哥哥的背篓里装满了各种各样五颜六色的彩石，而弟弟的背篓里只有一块精致的石头。他们在山谷附近的山洞里住了下来，准备明天天一亮就回家去。

第二天，他们背着装有彩石的背篓走在回家的路上。哥哥问弟弟："你怎么这么笨啊，那么多石头就捡了这么一块，到头来一辈子依然什么都没有。"弟弟只是笑了笑，没说什么。走着走着，因为山路崎岖难走，哥哥累得喘不过气来，衣服都被汗水湿透了。没办法，只好无奈地从背篓里挑出了一些彩石扔掉了。而弟弟依旧步履轻盈地向前走着。又过了没多久，哥哥累得实在走不动了，不得已又把背着的彩石扔掉了几块，就这样走一段扔几块，等到兄弟俩到家的时候，哥哥的背篓里还剩下不到半篓的彩石，虽然很失望，但是一想到弟弟那仅有的一块石头，哥哥心里就平衡了许多。

时光飞逝，几十年过去了，兄弟俩都已满脸皱纹、白发苍苍，只不过哥哥已经疾病缠身，卧在病榻上几年有余了，而弟弟虽然只比哥哥小两岁，但看起来却精神矍铄，格外年轻。一天，弟弟带着两鬓斑白的妻子去看望哥哥。哥哥握着弟弟的手问道："这么多年过去了，我一直弄不明白一件事，为什么当年那么多彩色的石头，你只选择了一块带回家？"弟弟依旧如从前一样微微一笑，说道："那五彩缤纷的石头，每一块都是诱惑，你捡了那么多回来，你看这一辈子你活得多累啊。""那你捡回来的那块石头是什么？"哥哥弱弱地问。弟弟转身将妻子拉过来，紧紧握着妻子的手，两个人相视一笑。哥哥看到这一幕，恍然间明白了许多。

有时候，背篓里的东西越多并非人生就会圆满。幸福，其实很简单。